사막의 강

사막의 강

민혜숙 소설집

전남대학교 출판부

* 이 책은 "광주문화예술위원회 문학발간지원"을 받아 출판되었음

사막의 강

민혜숙 소설집

차례

목욕하는 남자 _ 7

목욕하는 여자 _ 39

사막의 강 _ 65

휜(畑) _ 97

진실의 죽음 _ 129

사실과 진실 _ 157

막차에 오르는 사람들 _ 203

노란 스웨터 _ 239

작가의 말 _ 271

수록작품 발표지면 _273

목욕하는 남자

사우나실에 앉아 그는 지그시 눈을 감는다. 뜨겁다 못해 약간은 따가운 공기가
그의 전신을 살그머니 콕콕 찔러댄다. 하지만 기분이 나쁘지는 않다.
어서 문을 열라고 앙앙대는 열기에 무작정 몸을 맡기면 슬그머니 하나 둘 씩 땀구멍이 열리게 된다.

목욕하는 남자

"이 부장 지금 어디 있어? 빨리 들어오라고 해!"

인터폰을 통해 쏟아지는 상무의 고함소리가 송곳처럼 고막을 찌른다. 박대리는 공연히 움찔해서 전화기를 귓가에서 잠시 떼었다 다시 붙였다.

"네, 알았습니다."

대답을 듣기도 전에 수화기를 내려놓는 소리가 요란한 것으로 보아 상무가 단단히 화가 난 모양이다. 높은 사람들이란 자기들이 할 말을 쏟아내고 나면 그 다음 순서를 기다리지 않는다. 지위가 올라갈수록 성질도 그만큼 급해지는 걸까, 아니면 그게 권위의 과시라고 생각하는 걸까, 잠시 생각에 잠긴다. 어쨌든 직급이 낮은 사람이 먼저 수화기를 내려놓을 수는 없으니까.

'부장님이 지금 어디 있을까?'

생각보다 먼저 손이 반사적으로 휴대폰의 액정 화면을 밀어 올린다. 암흑 속에 잠겨 있던 화면이 밝아지면서 아내와 아들이 활짝 웃으며 나타난다. 지난 번 휴가 때 소록도에 갔었는데, 그 때 바다를 배경으로 찍은 사진을 바탕화면으로 지정해 놓은 것이다. 추억의 부스러기라도 붙잡아 두고 싶은 심리에서 일까, 행복했던 순간이 눈앞에 보이니 아주 잠시 동안 미소가 번진다.

박대리는 저장된 전화번호 중 이중석 부장님이라고 등록된 번호를 찾아 버튼을 꾸욱 길게 누른다. 화면에 숫자들이 춤추듯이 떠오르면서 휴대폰이 전파를 발송하기 시작한다. 흔하디흔한 비발디의 〈사계〉 중 가을의 멜로디가 귓가에 가득 퍼져온다. 한 소절이 끝나고 잠깐 끊어졌다가 다시 멜로디가 반복되기를 여러 번, 휴대폰의 주인은 응답이 없다.

박대리는 벽에 걸린 시계를 바라다본다. 오후 4시이고, 이부장의 스케줄상 밖에 누구를 만나러 나갈 일은 없다. 더구나 외근을 한다고 말한 적도 없었다. 발 달린 짐승이 제멋대로 다니는 것이야 막을 수 없는 일이지만 당장 상무에게 호통을 얻어들을 일이 난감하다.

"알았다고 대답했으면 대답한 놈이 책임을 져야 할 거 아니야? 뭘 믿고 함부로 알았다고 해?"

거기까지만 해도 젊잖게 나가는 편이다. 더 화가 치밀면 상무는 말끝마다 '좆같이' 를 후렴처럼 붙이는 버릇이 있다. 조금 더 화가 나서 상무 입에서 '쥐좆같이' 가 나올 정도가 되면 이유를 막론하고 사정거리 밖으로 대피하는 것이 현명하다. 하여튼 상무는 점잖지 못한 편인데, 그 말이 '젊지 않다' 는 데서 유래되었다고 하니 맞는 말이기는 하다. 상무는 우리 회사에서 가장 나이가 많기 때문이다. 허울뿐인 사장 자리를 팔십 노인이 차지하고 있지만 그의 아들이자 실소유자인 상무가 명실상부한 주인이었다.

그는 쓸데없는 경비를 줄인다며 본사 건물을 축소시켜서 이중석 부장이 관할하는 지점 건물의 5층으로 이전해 들어왔다. 각 지점장들은 본사의 서열로는 부장에 해당되는 직급이었다. 형식상 본사와 지점이 분리되어 있음에도 불구하고 상무의 갑작스런 돌입으로 이중석 부장의 지점은 그야말로 상무의 직접 지휘 하에 놓이게 된 것이다. 그동안 성미가 괄괄한 상무에게 혼이 났다는 에피소드만 모아도 책 한 권은 족이 된다고 한다.

이부장이 갓 입사한 신입사원 시절의 이야기다. 예전 본사 사옥의 정원수 위로 눈발이 휘날리는 것을 보고 상무가 안쓰럽게 말했다.

"이 나무 올 가을에 옮겨 심은 건데, 아무래도 있던 자리에서 뿌리를 빼서 옮기면 약해지는 법이지. 뿌리를 새로 내리려면 배나 힘이 들 텐데, 사람이나 나무나 마찬가지 아니겠어?"

상무는 그 대목에서 나무를 인정어린 눈길로 바라보았다.

"어이, 이 나무를 빙 둘러서 비닐을 쳐주라구, 춥지 않게. 사람처럼 나무도 힘이 떨어지면 쉽게 병에 걸리고, 추위도 잘 타니까 말이야."

공교롭게도 그 때 마침 옆에 있다가 눈길이 마주친 신입사원에게 엉뚱한 일이 떨어지게 되었다. 그래서 신입사원은 나무 주위에다 한 뼘쯤 여유를 두고 땅에서 일 미터 정도 높이의 비닐 담을 치게 되었다. 하지만 그게 말처럼 쉬운 일은 아니었다. 각목으로 틀을 세우고 철사를 엮어서 보호막을 쳐야 했는데 몰아치는 북풍한설에 나무보다 신입사원이 먼저 쓰러질 지경이었다.

문제는 이튿날이었다. 상무는 그 신입사원을 수소문해서 상무실로 불러들였다. 신입사원은 칭찬을 받을 것이라는 기대와 더불어 왠지 모를 불안감으로 조심스럽게 상무실로 들어갔다. 검은 가죽 소파가 양옆으로 길게 위압적으로 놓여 있는 가운데 그는 손을 모으고 서 있었다.

"이리 와서 앉아."

상무의 얼굴은 웃고 있었지만 분위기를 오싹하게 만드는

것이 영락없는 저승사자의 미소였다. 그래서 그는 선뜻 가까이 가지 못하고 주춤주춤 한발씩 다가가다 어떤 힘에 눌렸는지 엉거주춤 하고 있는 판에 상무가 눈을 치켜떴다.

"가까이 와서 앉으래두."

입은 웃고 있는데 눈에서는 살기가 번쩍였다. 말이 끝나자 독사에 쏘인 개구리마냥 그는 소파의 끝자락에 허물에 지듯이 주저앉았다.

"가까이 오라는데, 말을 퍽 안 듣는군."

"그게 아니라 …, 여기서도 잘 들립니다. 말씀하십시오."

그는 보호본능이 작동해서인지 절대로 상무 곁에 가까이 가서는 안 되겠다는 생각으로 정신을 바짝 차렸다.

"어제 나무에 비닐 막을 치라고 말했지."

"네, 열심히 쳤습니다."

"내가 반쪽만 치라고 했나? 빙 둘러 치라고 했나?"

"말씀하신 대로 빙 둘러 치고 있는데, 상무님의 친구 분이신 대원조경 사장님께서 마침 지나가시다가 뭐 하느냐고 물으셨습니다. 자초지종을 말씀드렸는데 정 둘러야 한다면 북쪽만 둘러주라고 하셨습니다. 남쪽은 괜찮다고 하시면서……."

"뭐? 너 이제부터 대원조경 사장한테 봉급 달라고 해라, 시키면 시키는 대로 해야지, 어디서 좆같이…."

상무가 크리스털 재떨이에 손을 뻗치는 순간, 신입사원은 재빨리 엎드려서 위기를 모면했다는 이야기였다. 세월이 흐르고 미련스러울 만치 꿋꿋하게 한 자리를 지키다 보니 그 신입사원은 부장이 되었다. 이부장은 가끔 그 때 일을 떠올린다. 그가 목욕탕에 가기 시작했던 것이 아마 그 때부터였을 것이다. 얼마나 무참하고 억울했던가. 사람보다 나무에게 인정을 쓰던 상무의 양면성에 분개하면서, 나무에 비닐막을 치고 돌아가던 길에, 꽝꽝 얼어붙은 몸과 마음을 녹이러 목욕탕에 들렀던 것이 차차 취미가 되고 습관이 붙어, 이제는 빼놓을 수 없는 중요한 하루의 일과가 되어버린 것이다.

그런 전설 같은 이야기들은 무궁무진했다. 언젠가 눈이 펄펄 쏟아지는데 상무가 이부장을 불렀다. 당시 구리시 교문리인가, 교문동 너머인가에 상무의 지인이 상을 당했는데 조의금을 가져다주고 오라는 것이었다. 눈은 쏟아지고 이미 근무시간은 끝난 데다 날씨마저 어두워져서 정말 내키지 않는 일이었다.

"내가 직접 가야 하는데 오늘따라 긴한 사정이 있으니까 자네가 내 대신 상주를 찾아가서 인사를 드리고 직접 전달하도록 해. 부의함에다 그냥 집어넣지 말고."

부의금을 받아들고 마땅치 않은 기분으로 돌아 나오는 이부장에게 상무는 직접을 여러 번 강조했다.

와이퍼를 아무리 작동시켜도 앞 유리에 달라붙는 눈송이들을 깨끗하게 제거하기에는 역부족이었다. 옆으로 밀쳐낸 눈들이 회색의 셔벗처럼 흘러내리고 있었다. 상무는 심부름을 시킬 때조차도 최소한의 예의와 절차를 무시했다. 적어도 오늘 저녁 약속이 있는지, 다른 계획이 있는지 정도는 물어봐야 하는 것 아닌가, 불편한 심기가 이부장의 목울대를 타고 넘실거렸다.

망우리 고개를 넘어 교문리를 지나는 데만도 시간이 꽤 지체되었다. 상무가 일러준 남양주 장례식장으로 가는 도중에 그만 이부장은 앞에 무엇인가 장애물을 발견하고 급하게 브레이크를 밟았다. 눈 오는 날 브레이크를 쓰면 안 된다고 알고 있었지만 생각은 그저 생각일 뿐, 발이 먼저 브레이크 위에 얹힌 후였다. 차가 썰매를 타듯 휭 돌았고, 순간 바깥쪽으로 핸들을 돌린다는 것이 좀 세게 틀었던지 차는 길가의 고랑으로 미끄러져 처박히고 말았다. 워낙 순식간의 일이었지만 막상 당하고 보니 허탈했다. 차는 45도 각도로 박혔고 운전석의 바퀴가 공중에서 헛돌았다. 이부장은 조수석에다 머리를 찧은 것 같았다. 날씨는 춥고 화가 머리끝까지 치미는데, 머리 뚜껑이 열린다는 말의 의미를 분명히 알게 되었다. 게다가 자기 성질에 못 이겨 자폭하는 사람의 기분을 이해할 것도 같았다. 결국 이부장은 보험회사의 긴급 서비스의 도움으로 차를 꺼낼 수 밖에 없었다.

"어디 다치신 데는 없나요?"

보험회사 직원이 조심스럽게 물었다.

"글쎄 아직 잘 모르겠어요, 얼떨떨해서."

교통사고는 당장은 괜찮아도 나중에 후유증이 있다는 말이 떠올랐다.

"그래도 병원에 가서 검사를 받아보시는 것이 낫지 않겠어요?"

"그래야겠지요. 하지만 우선 연락해볼 데가 있어요."

부장은 상무에게 전화를 걸었다. 자초지종을 들은 상무의 대답은 가관이었다.

"이 모자란 놈아, 그거 하나를 제대로 처리를 못하고 사고 났다고 전화를 해. 전화할 기운 있으면 빨리 가야 할 것 아니야? 어쨌든 오늘 중으로 직접 전달해라. 꼭 오늘 중이다."

위로까지는 기대하지 않았지만 심부름 하다가 사고를 당한 사람한테 해도 너무 하는 거 아닌가. 에라, 죽어도 심부름이나 하다 죽자, 하는 이상한 오기가 발동해서 이부장은 차를 보험회사 직원에게 맡겨둔 채 택시를 불러 타고 장례식장으로 가서 일단 볼 일을 마쳤다. 돌아오는 길에 자신의 가련한 신세와 서러운 처지를 곱씹고 있는데 어두운 잿빛 하늘에 떠 있는, 김이 모락모락 오르는 붉은 세 줄의 목욕탕 표지가 반

짝이며 그를 부르는 것이었다. 그래서 어떤 힘에 이끌리듯 그는 병원 대신 목욕탕으로 들어간 것이다. 옷을 벗고 탕에 앉아있다 보니 목욕탕에서는 잘나고 높은 놈이나 찌질한 놈이나 다 그저 그런 존재라는 생각이 진리처럼 스쳐갔다. '진리가 너희를 자유케 한다' 는 말의 뜻이 이런 것이었나, 오히려 뱃살이 축 늘어진 상무보다는 아직은 탄력이 남아있는 자신이 더 쓸만하지 않을까, 괜한 자부심까지 스미는 것이었다. 그래서 그는 병원에 가지 않고도 아무런 후유증도 없이 지낼 수 있었다.

그래도 남의 자식 때리는 것 봤냐, 내 자식이니까 나무라지, 라는 말로 상무의 행동은 그럭저럭 잘 무마되어 온 편이었다. 게다가 상무는 주로 고향 사람들을 취직시켜 주었기 때문에 섭섭함 보다는 고마움이 앞서는 존재였다. 평소에는 몰인정한 것 같아도 '그것 가지고 그 식구가 살 수 있냐?' 하면서 무작위로 베푸는 선심용 보너스가 사원들을 감동시키기도 했다. 선배들은 이제 한 물 갔다고 했지만 지난번 김 대리가 혼쭐이 날 때, 옆에 서 있기만 해도 오금이 절일 정도로 상무의 목소리는 아직도 카랑카랑 카리스마가 넘쳤다.

"카리스마 좋아하네, 상무님은 카리스마가 아니라 그야말로 칼 있으마, 그거지. 눈초리만 봐도 어디 한군데가 베일 것 같지 않냐?"

"나는 총에 맞은 것 같던데, 왜 있잖아 눈총이라고."

"왕년에 경력이 화려했나보지, 서방파, 뭐 이런 거 아니었을까?"

"서방이고 남방이고, 깡패가 따로 없네. 이번 달 마감이 잘 안되나 보다. 상무가 소금 친 미꾸라지처럼 팔팔 뛰는 것을 보니."

"잘 될 리가 있나, 나부터 죽을 쑤고 있는데. 그나저나 얼마나 수금했어? 목표 다 채웠어?"

"요샌 병원도 불경기인가 봐. 원장님들이 처방을 많이 안 내는지 약도 시원찮게 나가고, 약사들도 나중에 준다고 자꾸 수금을 미루고…."

"그런 말 백날 해봤자 위에서는 먹히지도 않아. 이럴 땐 며칠 동안 열심히 밖으로 도는 게 수지. 눈에 안 보이는 게 상책이야. 급한 소나기는 우선 피하고 본다잖아."

월말이 되면 매달 겪는 열병처럼 영업회의 때문에 윗사람들이 분주해진다. 목표액이 초과 달성되면 우선 상무나 부장의 얼굴이 훤하게 펴지고 회식이다, 수당이다, 분위기가 흥청거리지만 목표액에 미달될 때는 지점장부터 굳은 표정으로 사내의 분위기를 꽁꽁 얼게 만드는 것이다. 지점장이 영업회의 갔다가 돌아오는 다음 날이면 사소한 일에라도 꼬투리가 잡히지 않도록 몸을 사리는 것이 현명한 처사라는 것을 하급 사원들은 진작 몸으로 터득한 바이다.

사소한 일에 목숨을 건다는 말은 정말로 맞는 소리다. '디테일의 힘' 이라고 했던가, 그 책에서도 사람의 성공과 실패는 아주 사소한 일에서 비롯된다고 힘 줘서 주장하고 있는 것을 보아도 알 수 있다. 사실 사람은 크고 중요한 일로 싸우지 않는다. 사회에서건 가정에서건 큰 일이 생기면 서로 의논하고 협상하느라 머리를 맞댄다. 싸움은 아주 하찮고 사소한 일에서 시작된다, 호박잎 가지고 싸움을 하는 것이 아니라 고춧잎 가지고 서로 핏대를 올리는 법이니까.

"그나저나 부장님을 어딜 가서 찾나?"

박대리가 짜증스러운 얼굴로 주위를 둘러보았지만 아무도 대꾸를 하지 않았다. 일단은 상무의 전화를 받은 박대리의 문제, 즉 남의 일이었기 때문이다. 불똥이 떨어져도 당분간은 박대리에게 집중될 것이다.

"어디 짐작 가는데 없어요?"

박대리가 울상을 짓는다.

"부장님이 핸드폰을 받지 않는다? 그러면 보나마나 거기 있을 거야."

"거기라면?"

"뻔하지, 뭐. 연락이 안 되는 곳, 핸드폰을 가지고 갈 수 없는 곳, 과연 어딜까?"

"비행기?"

"비행기 좋아하네, 목욕탕!"

"대낮에? 그럼, 목욕탕으로 찾으러 가야 하나? 어느 목욕탕으로?"

"가만있자, 조금만 기다려. 곧 오실 때가 됐어. 항상 다섯 시 전엔 들어오시지."

"도대체 부장님은 왜 그렇게 목욕을 자주 가요?"

"자주? 자주가 아니라 매일이야. 어떤 날은 하루에 두 번씩 갈 때도 있어."

"이해할 수가 없네. 매일 사우나에서 죽치는 여자들처럼 이 바쁜 와중에 목욕탕엘 왜 간담?"

"이해할 수 없는 일이 어디 한 두 가지인가? 세상일을 다 이해하려고 하지 마. 그 양반은 목욕탕에 앉아야 정신이 맑아진다는데, 거기서 모든 사업 구상을 한다잖아. 그러니까 목욕탕이 사무실이라고 생각하면 돼."

"별일이야. 그 뜨거운 탕 안에서 숨이 차지도 않나?"

아침에 눈을 뜨면 이부장은 자석에 끌리듯 집근처에 있는 목욕탕으로 향했다. 새벽에 일어나 골프 연습장에 들러서 아침 운동을 하거나 베란다에 나가 러닝머신위에서 달리기 연습을 하는 게 다른 사람들의 일상이라면, 그는 대신 목욕탕을 택한 것뿐이다. 목욕탕에서도 깍듯이 단골대접을 해주고 있어서 십 만원에 한 달 월권을 끊어주는 것이었다. 이른 아침 남탕에는 사람이 몇 되질 않았다. 우선 간단히 샤워를 마치면 그는 탕 안 깊숙이 몸을 담근다. 온 몸을 따뜻하게 감싸오는 부드러운 물결이 목까지 찰랑거리면 지그시 눈을 감고 그날 하루 감당해야 할 일들의 목록을 하나씩 떠올린다. 오전에 신입사원 교육이 있고 오후에는 영업회의가 있다. 신입사원 교육은 어찌 해서 넘긴다 해도 각 지점장들을 불러 모아 영업회의 할 것을 생각하면 머리가 지끈거린다.

요즈음은 현장에 직접 나가는 일은 별로 없지만 사원들을 관리하는 일도 쉽지 않다. 직장 얻기가 어렵다고 이구동성으로 외쳐대지만 사원들이 하는 행동을 보면 아직도 한참 멀었다. 조금 강하게 돌리면 사표를 던지고 살살 어르고 달래면 실적이 나오질 않는다. 제약회사이니 만큼 세일즈 파트가 무엇보다 중요하다. 의약 분업이 되기 전에는 텔레비전 약 광고가 영업사원들을 지원해 주었지만 그것도 큰 회사에나 해당되는 이야기였다. 예전에 비해 약국을 대상으로 하는 세일즈가 살짝 줄어든 대신 처방을 내리는 의사들을 대상으로 하는 세일즈 쪽으로 무게가 실리는 것도 사실이었다. 그전 같으면 술대접이다 직원회식이다 해서 흥청거리며 질펀했던 밤의 시간들이 있었다. 술자리를 마치고 돌아가는 길에 슬쩍 주머니에 흘려 넣어주었던 봉투가 위력을 발하게 되면 그 달 매출은 별 신경을 쓰지 않았던, 참 좋았던 시절이었다.

신문지상에서 리베이트니 뭐니 하도 떠들어 대니까 슬그머니 자취를 감춘 것 같지만 술자리 접대가 자동차로, 의료기구로 교묘히 변장을 했을 뿐이어서 자본이 딸리는 중소제약회사의 영업사원들은 그만큼 더 열심히 뛰어야 했다. 더럽다고? 세상에 먹고 살기 위해 노력하는 것처럼 숭고한 일이 어디 있나? 뒷거래를 한다며 더럽다고 신문에서 떠들어 대지만 은혜에 보답하는 것과 대가를 지불하는 것은 종이 한 장 차이, 즉 마음먹기 나름이었다. 하고 많은 제약회사 중에서 다른 회사 약을 제쳐놓고 우리 회사 약을 써주는 게 얼마나 고마운 일인가. 그 은혜를 보답하는 것이 인정이 아닌가 말이다. 나처럼 깨끗한 인간이 어디 있어, 이부장이 목욕탕을 나오면서 자주 하는 생각중 하나이다.

"일단 이 약들을 암기하도록 하세요. 그리고 어디에 쓰는 것인지 본인이 먼저 정확하게 숙지한 다음에 알기 쉽게 의사

선생님들에게 설명해야 합니다."

그는 신입사원 교육시간에 한 마디 거들었다.

"약은 두말 할 것도 없이 치료를 목적으로 만들어진 것이며 크게는 전문 의약품과 일반 의약품으로 구분합니다. 일반의약품이라는 것은 쉽게 말해서 처방전 없이 누구나 약국에 가서 사먹을 수 있는 약이지요. 예를 들어 소화가 안 되는 사람이 약국에 가서 '활명수' 주세요 했을 때 약사가 까스명수를 주더라도 특별하게 까다로운 사람이 아니면 그냥 그걸 먹게 되어있어요. 그러니까 우리는 그런 상황에서 약사가 우리 회사의 약을 권유하도록 해야 한다는 말입니다. 일반 의약품 중에는 사람들이 쉽게 기억하는 연고, 소화제, 드링크 류가 많이 있는데, 그래서 이름들이 비슷비슷한 겁니다. 사실 성분이나 효과도 거기서 거기니까."

이부장은 거기서 잠깐 말을 끊었다.

"그리고 말 그대로 전문적으로 쓰이는 전문의약품이 있어요. 이 약은 이름뿐 아니라 성분, 효능, 부작용까지 잘 암기해야 해요. 그런데 이게 쉬운 일이 아니라니까요. 예를 들면 비마약성 진통제 중에 트라마돌이라는 게 있는데, 페롤에테르계의 화합물로 만든 것이에요. 그런데 이 약은 아세트아미노펜하고 병용하면 상승효과가 일어난다고 자세히 설명을 해주어야 해요. 또 염산 디페메린으로 만든 근육주사약은 간

부전 환자는 물론 신부전 환자에게 투여하면 절대 안 되지. 이런 식으로 약을 암기해야 합니다. 진열장을 들여다보듯이 제품이 머릿속에 쫘악 지나가야 한다구."

기대를 가지고 바라보던 신입사원들의 눈에 난감한 빛이 떠오르기 시작했다.

"그런데 의사들도 사실 약을 다 못 외우거든요. 진료실에 가 보면 약 모양하고 이름, 성분이 프린트된 벽보를 아예 붙여놓고 사는 양반들도 있단 말이야. 그렇다면 우리가 필요한 약을 알기 쉽게 도표로 만들어서 코팅을 해다 의사 선생들에게 드리는 것이 좋겠지. 매일 새로운 신약들이 생겨나는데다 경쟁사들이 비슷비슷한 약들을 들이대니까 의사라고 모든 약을 다 꿰고 있겠어요? 있잖아, 잇몸 치료제만 해도 인사돌, 한타돌, 이지돌, 이런 식으로 여러 종류가 있고, 혈액순환제로는 징코민, 징코미란, 징코란, 뭐 이런 종류의 카피약들이 한도 끝도 없어. 그러니까 약사나 의사 선생의 머릿속에 오래도록 잘 남게 설명을 해야 하는 게 관건인 셈이지. 그런 면에서 제품 이름도 참 중요해. 벌레 물린데 바른다고 버물려, 바르면 된다 해서 바르면 연고, 상처가 잘 낫는다고 오케이 연고, 습진 무좀에 비단 같은 피부를 만들어 준다고 실크크림, 얼마나 좋아? 한번 들으면 팍팍 기억이 되고 말이야."

뭔가 두서없는 말이 된 것 같아 이부장은 그쯤에서 슬그머니 말꼬리를 내렸다. 목욕탕에서 구상할 때는 분명 이게 아니었는데 막상 마이크 앞에 서고 보니 준비한 것과는 다른 말이 튀어 나와 버렸다. 신입사원들의 끈기와 직업근성에 대해 이야기 하려고 했는데, 제약 회사다 보니 약을 설명하는 일에 시간이 지체되었다.

"마지막으로 덧붙일 것은 한마디로 하면 '지 밥그릇은 지가 만든다' 는 겁니다. 입사 초기에 선배들에게 눈총 받고 야단 듣고 했던 것이 지금 뒤돌아보면 보약이 되고 피가 되었다는 겁니다. 우리가 항상 하는 말 있죠. '요즘 사람들 왜 그래?' 그래요. 요즘 사람들이 늘 문제가 되었습니다. 그러나 요즘 사람들이 잘 하는 일들도 많아요. 내가 신입사원 때입니다. 병원에 원장님을 만나러 가면 누가 만나줍니까? 처음에는 간호사에게 잘 보이려고 결혼반지도 안 끼고 다녔어요. 원장님 면회를 요청하면 '원장님 바쁘다' 는 말이 공식처럼 돌아옵니다. 그러면 대기 환자들과 함께 복도에 앉아 있는 거예요. 환자들이 뜸할 때 얼른 기회를 잡아서 원장님을 뵙고 자기소개를 하고, 그 다음에 약을 설명하고, 그게 얼마나 눈치 보이는 일인지 해보면 알게 됩니다. 원장 입장에서는 영업사원들을 여러 명 접하다 보니 처음에는 무조건 됐다고, 소용없다고 합니다. 하지만 거기서 물러서면 갈 곳이 없어요. 인사를 하고 다음에 또 가고, 또 가서 인사를 드리고 끈질기

게 가는 겁니다. 고객을 만드는 게 전화 한통으로 되는 것이 아니니까. 그럴 땐 집안 친척 중에 의사나 약사가 있었으면 좋겠다는 생각이 정말 간절하죠."

정말 그랬다. 사촌, 육촌, 사돈의 팔촌까지 의사라고는 눈을 씻고 찾아봐도 떠오르지 않았다. 의사나 약사도 고사리처럼 한번 터 잡은 곳에 뭉쳐 사는지, 있는 집안에는 흔하게 걸리는 게 의사라지만 없는 집안에는 귀하디귀한 희귀한 존재였던 것이다. 제약회사 세일즈를 하다 보니 의사나 약사처럼 높고 귀한 인간이 또 있을까 싶었다. 그 모습도 당당한 젊은 의사들에게 굽실거리고 굴욕적으로 머리를 숙였던 일이 얼마나 많았던가.

"기다릴 때도 그냥 앉아서 기다리면 안돼요. 소아과 병원에 가면 아이를 달래 주든지 아이들이 흩어 놓은 장난감들을 치우든지 신발 정리를 하든지, 하여튼 찾아보면 할 일이 많아요. 어떤 병원에 가면 파일이 엉망으로 꽂혀있는데 그걸 바로 잡아주든지 아니면 원장님 취향을 알아서 화분을 가꾸든지, 원장님 좋아하는 골프공을 사다 드리든지. 세상에는 공짜가 없다는 말이 있죠. 살다보면 그 말이 진리라는 것을 몸으로 느끼게 될 것입니다."

몸으로 진리를 체득할 때마다 그는 목욕탕에 가서 몸을 담갔고 사우나에서 땀을 빼면서 자신을 곧추 세우곤 했다.

“부장님, 상무님이 아까부터 찾으십니다.”

박 대리가 사무실로 들어서는 이부장을 보고 반색을 했다. 영업회의가 끝난 후라 뭔가 심상치 않은 일이 있을 법 했다. 하지만 부장은 상무의 호통 따위는 아랑곳하지 않는 듯 태연했다. 둘 사이에 뭔가 이상한 기류가 흘렀지만 지표 밑을 흐르는 용암일 뿐, 아직 지각변동은 일어나지 않고 있었다.

“알았어.”

대답을 하고 나서도 여전히 움직이지 않고 자리에 앉아있는 품이 상무에게 갈 의사가 없는 듯싶었다. 하긴 상무의 성질이 잦아들고 나서 대면하는 것도 방법이긴 했다. 펄펄 끓고 있는 국솥에 수저를 넣다가 데일 위험이 있으니까.

이부장은 영업회의가 끝나자 머리가 지끈거려서 슬그머니 회사 근처의 목욕탕으로 향했다. 집 근처의 목욕탕처럼 자주는 아니라도 혼자 있고 싶을 때 가끔 그는 회사근처의 골목길을 돌아서 목욕탕으로 가곤 했다. 낙후된 시설의 동네 목욕탕이 케케묵은 복덕방 영감 분위기라면, 모던 스타일의 커피 전문점에 흐르는 젊음의 활기 같은 것이 노쇠해가는 핏물을 미약하게나마 진동시키기는 했다. 그래서 어떤 이들은 젊음이 넘치는 카페에 가서 커피를 한잔 마시는 일로 기분전환을 한다고 했다. 하지만 귓전을 흔드는 부산스런 음악 소리가 정신을 교란시키는 커피숍 보다는 커피 한잔 값으로 아늑한 탕 안에 앉아 있는 것이 그에게는 훨씬 더 편안하고 경제적으로 여겨졌다.

"아빠, 참 이상해요. 이 분위기가 얼마나 좋아, 나는 정말 신나는데,"

하트 모양의 풍성한 크림이 얹힌 모카커피 잔을 감싸 쥔 딸아이가 미간을 찡그리는 그를 보고 핀잔을 주었다.

"느이 아버지는 이런 분위기 안 좋아해."

아내가 핀잔도 아니고 편을 들어주는 것도 아닌 모호한 목소리로 말을 받았다.

"그럼? 목욕탕 분위기가 딱 어울린다는 말이에요? 아빠, 모처럼 외식하러 나와서 이렇게 비협조적으로 분위기 안 맞출 거예요?"

딸이 눈을 둥그렇게 떴다.

"너 할아버지 돌아가셨을 때 생각나니? 그 날 이후로 나는 그 부분은 양보했다. 아니 포기했다고 해야 맞지. 남자들이야 문상객들 오면 꾸벅꾸벅 인사만 하면 되지만 여자들은 인사해야지, 음식접대 신경 써야지, 보통 바쁜 게 아냐. 그런데 오후 네, 다섯 시쯤 되었을까. 문상객들이 밀어 닥치는데 아빠가 안 보여. 설마, 그럴 리는 없다고 생각하면서도 내심 얼마나 불안했는지."

"그 때도 목욕탕에 갔다는 말은 아니겠지?"

딸은 측은하다는 듯이 제 엄마를 바라다 봤다.

"왜 아냐? 머리가 젖어서 허겁지겁 들어오는데 참 기가 막혀서. 사실 그 날 새벽에도 목욕탕에 갔었거든. 상주가 하루에 두 번이나 목욕탕에 간다는 게 상상이 안 가더라. 물론 이해도 안 되지만…, 때를 밀러 가는 것도 아니고, 땀 흘려서 살을 빼려는 것도 아니고…. 하지만 세상일을 다 이해하려고 하는 것도 무리지. 그 때부터 아빠의 목욕탕 문제는 내 영역을 벗어난 일로 여기고 산다."

아내는 세속을 초월한 도사 같은 무연한 말투로 결론을 지었다. 이해할 수 없는 문제는 건드리지 말자, 뭐 나름대로 그런 방책이 서 있는 것 같았다. 하긴 그는 목욕 문제 외에는 아내의 말을 거의 다 들어주는 편이었기 때문에 아내의 편에서도 그닥 섭섭할 일은 없을 것이었다.

그랬다. 아버지가 돌아가셨을 때, 모두가 호상이라고 상주의 어깨를 다독일 만큼 아버지는 나이를 먹었다. 팔십이 넘었으면 남의 나이까지 덤으로 산 셈이니까. 게다가 췌장암에 걸린 지 6개월 만에 세상을 떠났으므로 더 고생하시기 전에 잘 가셨다는 여론이 지배적이었다. 그래서 섧게 울 수도 없었고 통곡을 할 분위기도 아니었다. 더구나 여자들의 구성진 곡소리가 흘러나와야 제격인 장례식장에서 서럽게 울어야 할 여동생들마저 문상객들과 환담을 나누기에 바빴다. 아버지가 돌아가셨는데 담담한 것이 더 묘했다. 왜 가슴이 에이도록 애통하는 마음이 들지 않는 것일까. 아버지가 나이가 들만큼 들어서? 아니면 암에 걸렸기 때문에 오래 사는 것이 더 고통스러운 일이라서? 명확한 답이 떠오르지 않았다.

그는 아버지의 영정 사진을 보면서 마지막 숨을 거두기 전 더 이상 수액이 떨어지지 않는 링거 병을 응시하던 아버지의 깡마른 모습을 떠올렸다. 영정 사진 속에서 윤기가 자르르 흐르던 한창 때의 아버지가 웃고 있었다. 마지막까지 정신이 초롱초롱했던 아버지는 의사나 간호사가 시키는 대로 어찌나 말을 잘 듣던지 보는 사람이 오히려 민망할 정도였다. 입원 초기에는 소변의 양, 먹은 음식의 양, 마신 물의 양을 얼마나 정성스럽게 차트에 적는지 그 모습이 마치 숭고한 의식을 치르는 사제와 같았다. 다른 환자들이 얼굴을 찡그리고 불만을 토할 때도 모범생처럼 단정하고 공손하게 회진하는 의사를 맞았다. 병실에 들어오기가 무섭게 뒤로 돌아 갓! 하는 동작으로 병실을 나가는 의사의 뒷모습까지 한없이 존경어린 눈길로 바라고본 했다. 다른 병실의 환자가 숨을 거두고 비명처럼 날카로운 통곡이 복도를 건너올 때도 아버지는 모르는 척 열심히 항암치료에 전념했다. 하지만 그 정성과 정신력에도 아랑곳없이 하루가 다르게 초췌해지면서 마른 씨앗처럼 비틀어졌다. 그나마 붙어있던 모든 살점이라는 살점은 전부다 암세포에게 먹혀버린 채 아버지는 살아있는 해골표본이 되어갔다. 무서운 의지로 눈은 형형하게 빛났고 마지막 남은 수염이 안간힘을 쓰면서 살가죽을 뚫고 삐죽 삐죽 돋아나오고 있었다.

"오늘을 넘기기 힘드실 겁니다."

오전에 의사는 그의 귓가에 대고 속삭였다. 물 한 모금 넘기지 못하고 진통제를 탄 수액에 의지하며 버틴 지가 벌써 보름이 되어 가고 있었다. 신음소리 한 번 내지 않던 아버지는 주먹으로 가슴을 두드렸다. 답답하다는 말이었다. 그는 큰 주사기를 통해 코에 낀 고무관으로 생수를 흘려 넣었다. 잠시 후에 고무관으로부터 황토색 물이 돌아 나왔다. 아버지의 내장 안에 썩은 물이 고여 있는 것 같았다. 링거액이 점점 느린 속도로 떨어지더니 오후 네 시쯤에는 뚝 멈추어 버렸다. 아무리 조절기를 활짝 열어도 단 한 방울도 흘러들어가지 않았다. 굳어진 몸은 수분을 받아들이는 것조차 거부하고 있었다.

아버지는 소변이 보고 싶다고 모기만한 소리로 말했다. 살점이 하나도 남아있지 않은 앙상한 회초리 같은 육신이었지만 가볍지는 않았다. 변기위에서 아무리 힘을 써도 한 방울의 오줌도 떨어지지 않았다. 다시 뉘어라, 나 좀 일으켜다오. 아버지는 오 분 간격으로 일으켜라, 뉘어라, 반복했다. 그만큼 통증이 심하다는 증거였다.

"아버지, 부탁하고 싶은 말 있으면 하세요."

"아버지, 아직 정신이 있을 때 하고 싶은 말 있으면 하세요. 시간이 없어요."

여동생이 눈물을 흘리며 말했다. 하지만 아버지는 일으켜라, 뉘어라, 만 반복할 뿐이었다. 자식들과 마지막 대면이라는 상황을 충분히 실감하지 못하거나 아니면 지금이 마지막이라는 것을 인정하고 싶지 않은 듯 했다. 그 때 그의 마음속에서 빛이 하나 툭 꺼졌다.

아버지가 끝까지 일으켜라, 뉘어라, 그 말만 반복하다가 숨을 놓아버렸을 때 그의 가슴속에 찬바람이 휘잉 지나갔다. '애들아, 사랑한다. 천국에서 만나자', '서로 우애하며 잘 살아라.' 그런 쉬운 말이라도 남겨줄 줄 알았다. 아버지는 얼마 남기지 않은 유산에 대해서도, 지나온 세월에 대해서도 아무 말을 남기지 않았다. 섭섭했다. 자신은 마지막 순간이 오면 주위의 사람들에게 용서하라고, 살다보니 섭섭하게 한 일도 있었을 거라고, 더 사랑하지 못해서 미안하다고 말해야겠다고 어금니를 깨무는데 눈물이 툭 떨어졌다. 마침 탕 안에 있었기 때문에 눈물인지 땀인지 김이 서린 것인지 분간할 수 없는 것이 다행스러웠다.

상주의 자리를 지키고 있다가 문상객들이 뜸한 틈을 타서 그는 목욕탕으로 달려갔다. 따뜻한 탕 속에 몸을 담그고 있으니 아버지 때문에 얼어붙었던 마음이 좀 풀어지는 것 같았다. 오후라서 그런지 십여 명의 남자들이 목욕을 하고 있었다. 오목하게 들어간 등뼈 주위로 도도록하게 오른 탄탄한 근육과 윤기 흐르는 살이 문득 아름답게 보였다. 적당히 살이 붙은 육체가 아름답다는 것은 아버지가 앓아누운 다음에 깨달은 것이었다. 아버지의 육신에 붙어있던 살이 완전히 박탈되고 나자 아버지의 등뼈는 공룡의 등뼈처럼 뾰족하게 솟아오르기 시작했다. 등의 골짜기, 고랑에 깊게 뼈가 박혀있는 줄 알았는데 살과 근육이 없어지고 나자 오히려 앙상한 등뼈가 솟아올랐다. 아버지는 그 등뼈 때문에 침대에 누워있는 것만으로도 얼마나 아팠을까. 생선 가시처럼 앙상했던 갈비뼈와 등뼈를 떠올리며 그는 사우나에 들어가서 수건으로 얼굴을 감싸고 한참 동안 울었다. '나는 왜 아버지에게 사랑한다고 말하지 못했을까' 비로소 자책감이 들었다. 아버지만 말을 아낀 것은 아니었다.

리베이트 문제가 불거졌다고 해서 거래처에 인사를 전혀 안치를 수는 없었다. 명절에 필요한 간단한 선물비는 회사에서 활동비로 지원해 준다지만 다른 항목에 대해서는 명목상

드러내 놓고 활동비를 지원할 수는 없었다. 그래서 하루에 유류비 삼 만원, 식대 만원을 외근비로 책정했던 것인데 그것으로는 만족스럽게 영업활동을 할 수 없었다. 그러자 회사에서는 먼저 개인 돈으로 영업비를 충당하면 수금 실적에 따라서 인센티브를 주겠다는 제안을 내놓았다. 그래서 이부장뿐 아니라 과장들 선에서도 개인의 돈이 상당히 투여되었는데, 회사에서는 경제가 악화되고 이익이 줄었다는 이유로 활동비 지급을 대폭 축소하려는 것이었다. 용도가 확실하고 영수증이 첨부된 돈은 회사 측에서 지불하는 것이 원칙이 아닌가. 이 부장이야 그럭저럭 넘어간다 해도 일선의 점장들은 상당한 불만을 토했다. 불만 정도가 아니라 집단행동도 불사할 분위기였다. 게다가 판매되지 않고 회수된 약품의 비용도 각 지점에 할당시킬 요량이어서 반발은 더 커져갔다.

개중에는 단물만 빨아먹고 버린다는 식으로 받을 것은 받아 챙기고도 처방전을 내지 않은 의사들도 꽤 있었다. 아마도 다른 경쟁업체의 약을 처방하고 있음이 분명했다. 그렇다고 해도 나중을 생각해서 극단적인 행동을 할 수는 없었다. 어쩌다 의사와 담판을 지어서 투자비용을 도로 찾아오는 사람들도 있었지만 그것은 차후의 관계를 포기하는 일이고 자신의 입지를 줄이는 극단적인 행동이었다. 어쨌든 상무는 이번 일로 개인이 지출한 돈을 지급하지 않으려는 입장이었다.

회사 자금 사정이 악화되었는데 무슨 소리냐는 생뚱맞은 표정이었다.

'우선 개인 돈을 쓰고 나면 성과금으로 돌려준다고 분명히 약속을 했잖아요?' 그 말이 목구멍까지 올라왔지만 억지로 눌러 넣었다.

'당신, 정말 이렇게 막 가면 안 되지. 요새 어떤 세상인데 말도 안 되는 독재를 하는 거야?' 영업회의 석상에서 이렇게 내뱉으며 사표를 던지고 당당하게 걸어 나오는 자신의 모습을 상상해 보기도 했다.

"너희들이 누구 덕에 이만큼 사는데, 시골에서 소나 뜯기고 다닐 것들을 데려다 놓으니까 은혜를 모르고……." 이렇게 말하는 상무를 똑바로 겨누어 보며 '누군 놀고 월급 받았나? 그만큼 일 안 한줄 알아?' 멋있게 호통을 쳐보고도 싶었다.

그러나 그는 한 번도 말을 꺼내보지 못했다. 머릿속을 휘젓기만 하다가 밖으로 나오지 못한 말들은 목욕탕 안에서야 비로소 찰랑거리며 속살거리는 것이었다. 그가 옷을 훌훌 벗어던질 때 비로소 갇혀있던 말들이 제 길을 찾기 시작했다. 탕 안에 들어가 몸을 푹 담그고 지그시 눈을 감고 있으면 따뜻한 이불처럼 물결이 온 몸을 부드럽게 감싸주었다. 아주 부드럽고 따스한 솜털 같은 물결이 살랑살랑 그를 어루만지고 덮어주고 품어주었다.

"괜찮아, 그래도 상무님 덕분에 서울에 와서 자리를 잡았고, 오늘 이만큼이라도 살고 있잖아. 그 양반이 말은 불뚝거려도 알고 보면 속정이 깊은 사람이다."

몇 번이고 그만두고 싶을 때마다 그의 손을 꼭 쥐고 어머니가 하신 말씀이다.

"수양산 그늘이 강동 팔십리를 간단다. 그래도 그 양반이 젤로 장하게 된 인물 아니냐. 우리 동리에서 그 양반 덕 안본 사람이 누가 있냐?"

'하긴, 그만하면 괜찮은 사람이지. 수위부터 야간 관리인, 매점, 식당, 영업사원에 사무직까지… 그야말로 적재적소에 데려다 쓸 만한 사람은 전부 데리고 왔으니까. 그 덕에 아이들 공부시키고 먹고 살았으니까. 세상에 알고 보면 나쁜 사람은 없어.'

사우나실에 앉아 그는 지그시 눈을 감는다. 뜨겁다 못해 약간은 따가운 공기가 그의 전신을 살그머니 콕콕 찔러댄다. 하지만 기분이 나쁘지는 않다. 어서 문을 열라고 앙앙대는 열기에 무작정 몸을 맡기면 슬그머니 하나 둘 씩 땀구멍이 열리게 된다. 송알송알 솟아오르던 땀방울이 골을 이루면서 한 줄금 땀을 흥건하게 흘리고 나면 꿀꺽했던 것들이 모조리 밖으로 빠져나온 것처럼 머리가 개운하다. 그는 천천히 사우나실을 빠져나와 샤워기 아래에 꼿꼿하게 선다. 들판에서 비를 맞듯이 머리위로 쏟아지는 물줄기로 온 몸을 헹구고 나면 비로소 몽롱했던 기분이 말끔해지는 것이다.

남들이 뭐라 하든, 그는 오늘도 하루치의 위로와 평온을 충전해서 목욕탕 문을 나선다.

목욕하는 여자

그냥 목욕하면서 시간을 흘려보내다 보면 어떻게 되겠지. 공중에 떠다니는 말은 어디엔가 머물다가 다시 돌아온다니까, 차라리 물로 씻고 또 씻어서 멀리 떠내려 보내는 편이 말을 하는 것 보다 더 나을 성 싶기도 했다. 민수 엄마야, 누구 안엔들 쏟아내지 못한 말이 없으랴, 그냥 그렇게 품고 출렁거리다가 하수도로 흘려보내면 그 뿐인 것을.

목욕하는 여자

사우나실의 창문턱에 놓여있는 모래시계가 유난히 탐스럽다. 매끈한 광택과 잘록한 허리, 봉긋하게 솟은 젖가슴이나 터질듯 한 엉덩이처럼 미끈하게 흘러내리는 곡선이 마치 잘 다듬어진 여체와 같다. 보석 사우나, 숯 사우나, 맥반석 사우나, 황토 사우나, 게르마늄 사우나, 이름만큼이나 현란한 방들에 벗은 여자들이 가득하다.

핑크색 비닐로 몸통을 둘둘 말고 사우나 모자로 머리를 감싼 여자들이 지그시 눈을 감고 땀을 빼는 중이다. 친구들하고 같이 온 패들은 오천원짜리 얼음커피를 바가지로 시켜놓고 둘러 앉아 수다를 부린다. 벗고 앉은 처지니 만큼 대화의 내용도 거침이 없다. 여자들의 수다에 지난 밤 잠자리의 행적이 불려나오기도 하고 친구의 일이라는 전제를 달기는 하지만 남자친구인지 애인인지의 이야기도 걸려 나온다.

"어제야 말로 내가 목욕을 안 했지. 근데 이 인간이 어쩐 일인지 자꾸만 뽀짝거린단 말이여. 의무 방어전이네 뭣이네 할 때는 언제구, 지가 생각나면 옆으로 와서 뽀짝거려."

"그냥 한번 대주면 되지 뭘 그러냐, 니가 열여덟 큰 애기도 아니고, 이 나이에 비싸게 굴 처지도 아니고 말이여."

"끝까지 들어봐라, 잡것아. 그렇다구 내가 싫다고 하겄냐, 한디 딱 올라와서 하는 말이 '목욕했냐' 고 하더라고. 그래서 오늘 안 했다고 했더니 도로 내려가더라. 그런 인간이 있냐, 민망하게시리."

"그럼 목욕했다고 하지, 하하하. 그런다고 올라탔다가 내려가는 사람은 뭐여, 참. 샤워하고 오라고 기다리든가. 하여튼 남자들은 죄다 왜 그 모양이냐."

"요새 애들 말로 필이 확 꽂혔다가 김이 팍 샜다 이거지."

"그러니까 유비무환, 항상 준비하는 자세로 살아야 된다 그 말이야."

"문자 쓰고 자빠졌네. 아나, 유비무환."

벗고 앉은 자리니 만큼 이야기의 소재도 가릴 것이 없다. 아이들 교육에 관한 경험담도 걸리고 때로는 어느 학교의 아무개 선생이나 아이를 좋은 대학에 보낸 엄마의 눈물겨운 뒷바라지가 도마 위에 오르기도 한다.

"아야, 우리 희정이 학교 선생님은 너무 안 됐더라. 선생이면 뭐 하겄냐, 남편이 그 지경인데."

한 여자가 운을 떼자 여자들의 눈이 일제히 그리로 확 쏠린다.

"저번 오월에 인성여고 수학여행을 왜 제주도로 갔다고 하지 않았어?"

"맞아, 우리 애도 갔다 왔는데, 왜 무슨 일이 있었대?"

"아니, 애들은 별일 없이 잘 다녀왔는데, 그 담임선생님이 많이 아팠는가 보더라. 그래서 그 다음날, 말하자면 선생님이 조퇴를 하고 비행기를 타고 집에 돌아왔는디, 문제는 그 때부터여."

"사고 난 것도 아니고 무신 문제가 있으까? 뜸들이지 말고 빨리 말해봐."

"그 선생님이 집에 돌아와서 아파트 문을 열고 들어왔는데 글쎄 낯선 여자 신발이 있더란다. 그래서 뛰어 들어가 안방 문을 여니까 안으로 잠겨 있어. 그래서 문짝을 뚜드리고 난리를 쳤등만 남편이 뛰어 나오고 뒤에서 어떤 여자가 부스스한 차림으로 나오는데 글쎄, 같은 아파트에 사는 여자더란다."

"기가 막혀."

"고것들이 간도 크다. 아주 3박 4일을 작정하고 들어앉아 부렀구만."

"몸도 아픈데다 그 꼴까지 봤응게 선생님이 성하겄어? 실성한 모양처럼 되어 부렀재."

"그래서 이혼했어?"

"이혼은 무슨 놈의 이혼? 누구 좋으라고, 그런 놈은 그저 두고두고 볶아 묵어야제. 쉽게 이혼해 주면 못쓰는 법이다."

이 사우나에는 헬스장이 붙어 있어서 고정 고객들이 많은 편이다. 헬스클럽에 등록하면 사우나를 아주 저렴하게 이용할 수 있다는 장점이 있어서 그런지, 아니면 근력을 키우는 운동을 하고나서 땀을 빼면서 피부를 가꾸고자 하는 일석이조의 효과를 노려서인지는 정확히 알 수 없다. 아무튼 탈의실의 옷장위로 똑같은 크기의 목욕 바구니들 수십 개가 조르르 줄이 세워져 있는데, 그 바구니의 주인들이 매일 사우나를 하러 오는 고정고객인 셈이다. 바구니 안에는 목욕에 필요한 모든 장비가 갖추어져 있다. 규모도 굉장해서 옷장의 번호가 500번 대까지 나가는데 한 건물의 3층이 여탕, 4층이 남녀공용의 찜질방, 5층이 남탕으로 이루어져 있었다.

사우나 실도 여러 가지여서 '게르마늄', '맥반석', '옥' 사우나는 기본이고 '수정사우나' 혹은 '보석사우나' 도 있다. 나는 사우나 실중에서는 보석사우나를 좋아하고 찜질방은 소금방을 좋아하는 편이다. 작은 것은 콩알만하고 큰 것은 공기돌만한 흰 소금결정체가 수북하게 쌓여있는 방에 누우면 처음에는 따끔거리다가 차차 익숙해진다. 바닷가에서 모래찜질을 하듯이 하얀 소금의 결정체를 배에 잔뜩 올려놓고 누워있으면 바다의 기운이 몸속에 퍼져드는 듯 녹녹하다. 뜨거워도 녹아내리지 않는 흰색의 결정체들은 마치 여름날 밤에 손톱에 봉숭아물 들일 때 꽃잎과 같이 넣고 찧던 백반처럼 생겼다.

보석사우나 실에 앉아 있으면 어쩌면 세상에 이다지도 아름다운 돌들이 있을까 감탄이 나온다. 알록달록한 색깔과 응축된 세월이 새겨 넣은 나무 테 무늬가 있는 자만옥판재, 청옥, 장미수정, 자수정, 무지개 수정, 옥자갈, 백금석, 백수정, 우화석으로 천정과 벽을 따라 가지 각색의 꽃을 수놓았다. 크고 작은 꽃 사이사이에 규칙적인 기하학적 무늬를 곁들여 놓은 보석 방에 앉아 있으면 마치 궁전에 있는 것 같다. 하긴 궁전에도 이렇게 아름다운 돌들로 꾸며진 보석방이 있었을 리 없다. 〈대장금〉이라는 드라마가 유행할 때 사람들은 왕이 먹던 갖가지 음식에 감탄했지만 그 정도는 지금 웬만한 한정식 집에 가면 누구나 먹을 수 있으니 그렇게 신기할 것이 없다. 왕은 아이스크림이나 부드러운 케이크, 프랑스 와인, 훈제연어 같은 것을 먹어봤을까. 기껏해야 자기 땅에서 나는 제철음식이나 먹고 살았을 것이다.

고혈압, 당뇨, 순환기장애, 폐경기의 여성에게 좋다는 문구가 아니라도 쿰쿰한 짚냄새가 배어나는 황토찜질방 보다 화려한 곳에 마음이 더 끌리는 것이 아닌 게 아니라 이제 나도 나이가 먹었다는 증거다. 사우나 실에서는 그야말로 진풍경이 벌어진다. 완전하게 벗고 만난다는 사실이 사람을 평등하게 만드는지 경계심을 풀게 만드는지 하여튼 벗고 있으면 정신적으로 편안하고 마음까지 풀어진다. 그래서 매일 목욕탕에 오는 여자들은 때를 벗기려는 것이 아니라 놀거나 쉬러 온다고 해야 할 것이다.

하기야 알몸으로 만나다 보니 일단은 볼 장 다 본 사이인데다 사회 계급장도 다 떼고 겉에 걸친 것이 없으니 누가 비싼 옷을 입었는지, 명품 가방을 들었는지 알 길이 없다. 그리고 지금 시간에 사우나에 있다는 것은 일하러 갈 직장이 없는 무능한 여자들이거나 일하러 갈 필요가 없는 돈 있는 여자들이라는 뜻인데, 어쨌든 대낮에 달리 갈 곳이 마땅치 않다는 공통점도 가지고 있다. 가끔 재미있는 음담패설도 서슴지 않고 튀어 나오는 곳이 대낮의 사우나 풍경이다.

"여자 나이가 오십이면 배운 년이나 못 배운 년이나 하는 짓이 똑같고, 육십이면 얼굴이 예쁜 년이나 미운 년이나 똑같이 쭈그렁이가 되고, 칠십이 되면 남편이 있으나 없으나 상관없고, 팔십이면 돈이 있으나 없으나 똑같대. 왜냐? 돈을 쓰러 나갈 기운이 없으니까."

맞다, 맞아, 손바닥을 치면서 박장대소를 하고 나면 옆 사람이 다른 이야기를 들고 나선다. 사우나실 안에서는 웃음마

저도 과장되어 보인다. 남이 웃을 때 무조건 따라 웃어주거나 아니면 미소라도 띄고 있어야 하는 것이다.

"이십대 남녀는 서로 포개서 자고, 삼십대는 마주 보고 자고, 사십대는 천장 보고 자고, 오십대는 등 돌리고 자고, 육십대는 떨어져 잔대. 그러면 칠십대는 어떻게 잘까?"

"그 나이에는 각방을 쓰지."

"그게 아니라 어느 방에서 자는지도 모른단다."

"와, 그 말도 그럴 듯하다. 정말 맞아."

나이가 지긋한 연배의 부인들이 고개를 끄덕이며 손뼉을 치며 감탄사를 발한다.

"십대 여자는 호두래, 벗기기는 어렵고 먹을 것은 별로 없다. 그럼 이십대는 뭐냐? 귤, 벗기기도 쉽고 맛도 있고. 그럼 삼십대는? 수박이래, 칼만 대면 쪼개져. 사십대는? 정답은 토마토, 과일도 아닌 것이 과일인 척 하니까."

웃음소리가 까르르 까르르, 숨이 곧 넘어갈 듯하다.

"이번에는 수수께끼입니다. 맞춰보세요. 혼외정사라는 절의 주지스님 이름은 무엇일까요?"

"그런 절이 있어?"

"바보야, 이건 넌센스 퀴즈라니까. 가만있어봐, 이혼 스님"

"아닙니다. 불륜스님입니다."

여자들이 벗은 몸을 흔들며 박장대소를 했다.

“이번에는 복상사, 포경사 주지 스님을 맞춰보세요.”

여러 가지 답들이 오고갔지만 문제를 낸 사람은 정답이 아니라고 했다.

“복상사에는 절정스님이, 포경사에는 귀두 스님이 계십니다. 마지막으로 아뿔사에는 어떤 스님이 계실까요?”

“나, 저거 어디서 들어봤다. 잠깐만 기다려봐요. 아뿔사에는 조루스님!”

까르륵 숨이 넘어가게 웃는 소리가 사우나 실을 넘어갔는지 탕에 있는 사람들이 일제히 이쪽을 바라보았다.

“가만있어라, 쪽지 하나 가져다가 적자. 우리 나이되면 돌아서면 잊어버리니까. 오늘의 수확이다. 우리 모임에 가서 가르쳐 줘야지.”

적겠다는 사람, 손가락을 꼽아가면서 외우는 사람, 그새 잊어버리고 옆 사람에게 다시 물어보는 여러 사람들이 한바탕 땀을 내고 우르르 몰려 나갔다.

“저 아줌마는 아주 제 집 안방처럼 들어앉아서 요가를 하고 있네.”

들릴락 말락 속살거리는 소리에 눈을 들어보니 어떤 여자가 사우나실 안에다 아주 자리까지 펴고 앉아서 갖가지 포즈를 잡고 있다. 여자끼리 보기에도 민망한 장면들이 아슬아슬하게 연출되고 나서 아줌마는 가슴골을 따라 흐르는 땀을 손으로 훔쳐내면서 들고 있던 풍만한 엉덩이를 제대로 아래로 향하고 하고 앉는다.

"그게 바로 일석이조네. 사우나하고 운동하고 잉. 그냥 가만히 앉아있으면 지루해서 모래시계를 엎었다 뒤집었다 하는디, 아줌마는 운동을 제대로 해부네요."

"저게 요새 유행하는 핫요가라는 거예요."

"핫요가? 그런 게 있었어?"

"그럼요, 요가가 땀이 별로 안 나잖아요. 고수들은 땀이 나기도 한다는데 어쨌든 초보들은 요가로 땀내기가 힘들죠. 뜨거운 데서 격렬하게 움직이면 땀도 나고 근육도 활발하게 움직여서 좋다네요. 다이어트에 아주 효과적이라던데…."

좀더 젊어 보이는 여자가 눈을 깜박이며 야무지게 설명을 한다.

"아무리 몸에 좋은지는 몰라도 앞으로는 저 모습을 안 보고 싶네."

한 여인이 시큰둥하다.

나는 자리에서 일어나 문을 열고 나왔다. 뜨거운 사우나 실에서 땀을 흘릴 때, 물방울이 스멀스멀 흘러내리는 느낌은 나쁘지 않았다. 몸 안에 고여 있던 무언인가가 밖으로 나오는 것 같았다. 그리고 예의상, 그리고 심장에 충격을 줄일 목적으로 냉수를 한바가지 퍼서 발부터 씻어내고 온몸에 가볍게 끼얹고 드디어 냉탕으로 들어간다.

시원하게 냉한 기운이 와서 몸을 축소시키는 기분이 정말 좋다. 뜨거운 곳에서 풀어져 있던 몸뚱이가 탄탄하게 조여드는 느낌이다. 때로 물이 아주 차가울 적에는 목구멍이 싸하게 아려오는 경우도 있다. 그러면 감기를 조심해야 한다. 냉탕은 제법 크고 길어서 수영연습을 할 만하다. 바가지를 엎어놓고 발로 물장구를 치면서 탕을 왕복하는 사람들도 심심치 않게 볼 수 있다. 탕 안에서 높이뛰기를 하는 사람, 발 구르기를 하는 사람, 각양각색이다. 사람이 많을 때는 체온으로 덥혀져서 냉탕의 물이 미지근해지기도 한다.

"그런데 저기 횡설수설하는 여자는 누구야?"

"저기? 저 안에 예쁘장한 여자 말이야?

냉탕 안에서 맥반석 사우나에 혼자 앉아있는 여자를 눈짓하며 누군가 말했다. 첨벙거리는 물소리가 일시 멎었다.

"저 여자가 우울증인지 하여간 좀 이상해. 혼자 저렇게 중얼거리면서 웃다가 이야기하다가 그래."

"혼자서? 누구 같이 오는 사람 없이?"

"아니, 친구들이 있기는 있어도. 가끔 혼자서 저러고 있어. 알코올 중독이라고도 하는데 어쨌든 좀 안됐지."

그 여자가 사우나 실의 문을 열고 밖으로 나오자 각자 다시 물장구를 치고 제자리 뛰기를 시작하면서 냉탕이 다시 분주해졌다. 여자는 군살이 하나도 없는 날씬한 몸매였다. 키도 적당하고 얼굴도 갸름하고 별로 흠잡을 구석이 없었다. 나는 냉탕에서 나와서 녹차탕에 들어가 몸을 담갔다. 두꺼비 입에서 쉴 새 없이 물이 뿜어 나오고 어깨에 물을 맞으려는 사람이 일서섰다 앉았다 분주했다. 연한 갈색의 물이 뜨겁지 않고 미지근해서 오래 앉아있을 만 했다.

샤워기가 붙은 거울 앞에 벗은 여자들이 촘촘히 들어서서 머리를 감거나 마시다 둔 우유를 몸에 바르거나 인디언처럼 얼굴에 진흙을 바르며 마사지하고 있었다. 요구르트 냄새가 풍기고 강판에 오이를 갈아서 푸르등등하게 붙이고 있는 사람들도 있었다. 아이들 만화영화에 나오는 초록맨이라는 괴물을 연상시키는 모습이다. 갖가지 미용재료들이 총동원되어 수증기와 함께 아름다운 아수라를 만들고 있었다.

"저 여자는 보기에는 멀쩡한데 왜 혼자 중얼거리는데?"

옆에 앉은 사람이 물소리 때문에 목청을 높여 물었다. 냉탕에서 헤엄을 치고 있는 그녀의 귀까지 들릴 염려는 없었지만 그래도 사람을 면전에 보면서 이야기를 하자니 기분이 약간 언짢았다.

"너무 외로워서 그렇다고 봐야지. 설명하자면 좀 복잡한데, 남편이 지방에서 근무한대."

"외롭다고 다 저렇게 되면 어떻게 하니? 심란하다, 얘."

"그러니까 이게 결국 남의 사생활인데, 내가 잘 아는 사람이 저 여자 친구야. 그래서 내막을 알게 됐어. 여자가 왜 저렇게 됐겠냐? 단순히 주말 부부라고 우울증에 걸린다면 살아날 사람이 몇이나 되게?"

"뻔하지 뭐. 남편이 바람을 피우겠지."

그 대목에서는 모두들 입을 다물었다. 짐작으로는 그런 일들이 얼마나 많이 벌어지는지 수없이 듣고 알고 있었지만 막상 소문의 당사자를 볼 때마다 심정이 편치는 않았다. 차라리 떠도는 소문으로 그치면 좋으련만 그 실체를 접하게 되면 그 누구도 서로 자유로울 수 없는 이야기였기 때문이다.

"안 됐다. 그래도 애들 있으니까 잘 살아야지, 저렇게 정신을 놓아버리면 어떻게 해?"

"그 처지가 되면 우리라고 저렇게 되지 말란 법은 없다고."

"그래서 다 따지고 보면 세상이 공평한가 보다. 엄마가 맨날 목욕탕서 사는데도 저 집 애들은 공부를 잘해요. 중학생, 고등학생 남매가 아주 착실하다니까. 그래도 남편이 월급은 꼬박 꼬박 보내 준대. 돈도 상당히 잘 버는가 보더라. 다른 거 속 썩을 일 없으니까 그거라도 속을 썩어야 인생의 맛을 알거 아냐?"

"하긴, 어떤 년은 자식한테 올인 해도 공부를 잘 하기는커녕 되레 지엄마 복장 터지게 하잖아."

"내 친구는 부부모임에 개를 안고 왔더라구. 아주 초창기에 신도시에다 제법 큰 평수의 아파트를 장만해서 수지를 좀 맞았거든, 그런데 무리해서 평수는 키웠는데 생활수준은 안 되는 거지. 자기네는 대출금 상환하랴 아이들 남 하는 대로 따라 시키랴, 죽을 지경이지. 그런데 한동안 애완견 키우는 게 유행이었잖아. 애들 기 안 죽이려고 강아지를 할부로 샀단다. 나는 그 때 강아지도 할부가 되는 지 처음 알았다니까."

사우나 실안의 여자들이 까르르 웃었다.

"좋은 세상이네, 강아지도 할부로 사고. 그 까짓 강아지 없으면 어때서 그것까지 할부로 끊고 난리야. 그리고 강아지는 땅에서 커야지, 집안에서 키우도록 안 돼 있잖아. 아파트에서 개 키우니까 정말 죽겠더라. 지 부모들한테는 안부전화도 안하는 것들이 강아지를 안고 다니면서, 옷 사줘, 머리 볶아줘, 별별 짓을 다하지. 세상이 거꾸로 가고 있어."

한 아줌마가 못마땅하다는 듯이 퉁명을 부렸다.

"안 길러봐서 그래요. 그것들이 얼마나 예쁘다고, 꼭 자식 같은데…, 우리 봄이하고 가을이를 보면 너무 이뻐, 말로 다 못해."

곱상한 40대 여자가 거들고 나섰다.

"댁의 딸이요? 봄, 가을? 이름 참 특이하네."

"강아지 이름이에요."

"꼭 혼자 사는 사람들이 짐승을 끔찍이 위하더라고. 사람은 사람하고 어울려야 해."

혼자 사는 사람이라는 대목에서 곱상한 아줌마의 눈썹이 치켜질 때 나는 서둘러 사우나 실에서 나왔다. 이번에는 냉탕에 갔다가 소금찜질방으로 갈 차례였다.

공깃돌만큼 큰 결정체로부터 작은 콩알만한 소금덩어리들이 눈처럼 쌓여 있었다. 공기가 그렇게 뜨거운데도 소금은 녹지 않는 돌멩이처럼 흰빛을 뿜어내고 있었다. 처음에는 뜨거운 백사장에 맨발을 디딜 때처럼 발바닥이 따끔거렸지만 조금 지나고 보면 오히려 시원한 감이 있었다. 나무 베개를 끌어다 베고 누워서 배위에 소금으로 산을 쌓는다. 소금 결정체 속에 몸을 묻고 있으면 전신소독이라도 하듯 몸이 개운해지는 느낌이다. 어떤 이들은 그렇게 잠이 들기도 한다.

흘러내리는 땀이 귀 뒤로 목을 타고 스멀거리고 정신도 가물가물 혼미한데 누군가가 반갑게 아는 체를 했다.

"여기 계셨네요."

눈을 들어 보니 아까 혼자 중얼거리던 그 여자였다. 내 곁에 있던 친구와 아는 사이인 것 같았다.

"아, 여기는 내 친군데 얘는 어쩌다 한번씩 같이 와요. 나보고 등 밀어 달라고 꼭 나만 따라 오지."

친구의 너스레가 끝나자 나는 상체를 조금 일으켜 인사를 했다. 땀이 주르르 흘러서 눈썹에 걸렸다가 속으로 흘러 들어갔다. 여자는 눕지 않고 벽 쪽으로 등지고 앉아서 다리를 쭉 뻗었다. 갸름한 얼굴만큼이나 목소리도 가녀렸다.

"여기서 자주 만나서 알게 됐어. 나이도 어린데 좀 안됐다."

차가운 얼음 방에서 우리 둘밖에 없을 때 친구가 말문을 열었다. 마치 에스키모의 이글루처럼 생긴 방에는 진짜 얼음이 아니라 에어컨이 차가운 냉기를 뿜어내고 있었고 뜨겁게 달구어진 몸이 차가운 바람에 팽팽하게 조여지는 기분이 산뜻했다.

"누리 엄마가 저렇게 된 것은 단순하게 남편이 바람을 피워서가 아니야."

친구가 심드렁하게 입을 뗐다.

"그럼 다른 일도 있어? 남편 빼고 나머지는 다 좋다면서?"

나는 눈을 크게 뜨고 친구를 바라보았다.

"아까 들은 선생이야기와 비슷한데, 남편이 바람을 피운지는 한 육년 되었대. 그런데 그 상대가 누구인지 몰랐다는 거야. 아무리 물어봐도 안 가르쳐 주니까. 바람을 피운 것은 인정하면서도 상대를 가르쳐주지도 않고 앞으로는 안 만나겠다고 하더래. 그런데 우연히 옆 동네에 사는 친구를 만나서 이야기를 나누다 남편의 상대가 바로 그 친구라는 것을 알게 된 거지."

"친구의 남편하고? 그런데 그 여자는 무슨 배짱으로 그 사실을 말했을까? 누리 엄마가 우습게 보였을까? 혹시 혼자 사는 여자래?"

"혼자 살기는? 멀쩡하게 남편도 있고, 애도 있고. 저도 직장도 다녀. 노동청 공무원이래."

"공무원이 바람을 피워도 되나? 그 여자도 간이 크구나."

"그래서 누리 엄마가 제 정신이 아니야. 한번은 남편하고 다투다가 그 여자 집으로 담판을 지으러 달려갔단다. 그런데 그 여자가 문을 안 열어 주더래. 그래서 소리를 지르고 시끄럽게 떠들었다지. 결국 문을 열어줬는데 싸움이 붙은 거지. 그런데 누리 엄마가 맞았단다. 그러니 얼마나 분하겠니."

"분하기만 하겠니. 그래도 잘못을 한 쪽에서 다소곳이 있어야 상대적인 우월감이라도 느끼지. 큰 소리 치러 갔다가 매만 맞고 왔으니…, 경찰에 폭행죄로 신고하지 그랬어?"

나도 모르게 언성이 높아졌다.

"제가 먼저 가서 행패를 부렸는데 어떻게 신고를 해. 그런데 사실은 매 맞은 게 문제가 아니야."

"그럼 무슨 문제가 또 있어?"

"남편이 누리엄마를 뒤 쫓아 왔더래. 그런데 누리 엄마가 매 맞는 것을 보고도 가만히 서 있었단다. 누리 엄마는 매를 맞은 것 보다 그 뒤에 가만히 서 있었던 남편 때문에 무지하게 충격을 받은 거야. 남편이라는 작자가 아무 말도 안 하더래. 그 때부터 누리 엄마가 술을 먹기 시작한 거야."

으스스 한기가 들었기 때문에 우리는 얼음방에서 나와서 맥반석 찜질방으로 들어갔다. 거기에는 멍석이 깔려 있어서 그런대로 따끈하게 누울 만 했다. 목침을 베고 가만히 누워 있는데 누리 엄마라는 여자가 뭉클하게 마음에 걸렸다.

"네가 매일 만난다니 잘 챙겨줘라. 젊은 사람이 안됐다."

친구는 천장을 향하고 있다가 내 쪽으로 돌아누웠다.

"사실, 동생처럼 생각돼서 잘 챙겨주고 싶은데 지금은 누리 엄마한테도 문제가 많아."

"그 정도 배신을 당했다면 누군들 문제가 없겠니? 배신자는 지옥에서도 맨 밑바닥에 있다고 하잖아."

친구는 한숨을 길게 내쉬었다.

"지금은 누리 엄마도 바람을 피워, 맞바람이지. 홧김에 서방질한다고 저도 애인을 하나 만들었대."

"갈수록 태산이네. 이혼을 해도 위자료도 못 받으려고 무슨 짓이야? 남편이 몰라야지, 큰일이다."

"누리 아빠도 알아. 제 입으로 말했다는데, 뭘."

"미쳤구나, 그게 무슨 자랑이라고 남편한테 말을 하니. 그런데 그 애인이라는 말을 어디 까지 이해하면 되니? 막말로 같이 자는 선을 애인이라고 하는지, 같이 밥 먹고 영화 보는 정도인지 모르겠다."

"애들도 아니고 나잇살이나 먹어서 애인이라고 하면 같이 자는 거야. 드라마나 영화에서 보는 일들이 실제로 옆에서 일어나더라고. 정말 사람은 친구를 잘 만나야겠더라. 누리 엄마가 마음이 허할 때 만난 친구라는 것들이 다 그런 부류거든. 남편도 애인이 따로 있고, 지들도 애인이 따로 있고. 그러면서도 가정은 깨기 싫어해. 누리 엄마 친구 남편은 치과의사도 있고 선생도 있는데 다들 그러구 산단다. 누가 먼저 시작했는지 모르지만 그야말로 콩가루지."

"누리 아빠라는 사람이 그 말을 듣고도 가만히 있대?"

"자기가 먼저 바람 피웠는데, 가만히 있어야지. 누리 엄마가 그 남자하고 잔 것까지 모두 이야기 했다는데, 더 이상 무슨 말이 필요해?"

"와, 우리나라 남자들 요새 맘 좋아졌네. 세상이 여러 가지로 참 편리하고 좋아졌다."

참 다행스럽다고 말을 하면서도 무언가 미진한 것이 한구석에 걸렸다. 그래도 배우자가 평생 나만 사랑하기를 바라는 것은 모두의 환상일 터이지만 그래도 헛된 환상이라도 가질 수 있도록 눈앞에서 깨지는 일은 없었으면 싶었다.

"그러면 아이들 때문에 사는 거야? 하긴 신문 보니까 의외로 남자들이 아이들 때문에 가정을 깨고 싶지 않다고 한다더라. 요샌 여러 가지로 놀라운 일들이 참 많다니까."

"그런데 재훈이 엄마는 오늘 안 보이네? 자기 말로 그러더라. 자기는 필요한 정보는 목욕탕에서 다 얻어 온다구. 엄마들이 좋은 정보를 쉬쉬하고 안 가르쳐준다며? 그런데 목욕탕에서 만나면 다 가르쳐 준다더라."

"응, 재훈이 엄마 자주 와. 그 엄마도 피곤하니까 낮에 들러서 한숨씩 자고 가기도 하고. 여기 저기 아들 실어 나르랴, 학교 자모회 회장하랴, 기숙사에 간식 담당으로 봉사하랴, 참 바쁘게 살아. 하지만 아들이 전교 1, 2등 하는데 누군들 그 정도 안 하겠냐."

친구는 잠시 말을 끊었다. 무언가 다른 이야기를 할듯하더니 그만 입을 다물었다.

"참, 민수는 공부 잘하고 있지? 곧 시험이니 이제 얼마 안 남았구나."

"백일 남았다. 솔직히 초조하다. 공부를 식구대로 나눠서 대신 해 줄 수도 없고 밤늦게 까지 애 쓰는걸 보면 안쓰럽고. 그렇다고 같이 잠 안자고 옆에 앉아 있을 수도 없잖니? 기껏

간식 챙겨주는 것으로 마음만 표시를 하고 있지. 그런데 참 이상하다. 나는 낮잠도 자고 공부도 안 하는데 그냥 피곤해. 이게 고3 학부모 병이라는 걸까."

"네가 테이프를 잘 끊어라. 언어영역, 수리영역, 외국어영역, 탐구영역 그리고 또 하나의 영역이 있다는 거 알아?"

"?"

"신의 영역. 그 날 시험을 최고의 컨디션에서 잘 봐야 하는 것 말이야. 신의 영역이라도 밖에 달리 설명할 수 없는 부분이 정말 있더라니까."

그리고 며칠 후 운동하러 나갔다가 돌아오는 길에 나는 생맥주집 앞에서 커다란 맥주컵을 앞에 놓고 멍하게 앉아 있는 누리 엄마를 마주쳤다. 막 따라놓은 듯 거품이 바글바글 끓어 넘칠 듯 했다. 그냥 지나기도, 그렇다고 아는 척 할 정도의 사이도 아니라서 나는 잠시 망설였다. 길거리에 혼자 앉아 있는 것을 보면 사연이 있기는 한데 달리 생각하면 남에게 보이고 싶지 않은 모습일 것도 같았다.

"저어, 저 번에 목욕탕에서 만났던 분이죠?"

생각이 채 정리되지도 않았는데 그만 인사가 먼저 불쑥 나오고 말았다.

"아, 민수 언니하고 같이 왔던 분?"

"네, 민수 엄마는 저와 아주 친한 친구예요. 고등학교, 대학 동창이죠."

"그럼 그 쪽을 언니라고 불러도 되겠네요. 민수 언니가 참 도움을 많이 줬어요. 내 이야기도 많이 들어주고."

누리 엄마는 의자를 빼서 앉으라고 권했다.

"운동 갔다 오는 길이라서요."

나는 묻지도 않은 쓸데없는 말을 하면서 의자에 엉덩이를 걸쳤다. 무엇인가 흥미가 작동했을까, 바람피우는 이야기를 직접 듣고 싶은 천박한 호기심이 나를 충동질 했을까. 여름이라서 그런지 밤에 사람들이 더 많이 돌아다니는 것 같았다. 밤에도 마음 놓고 돌아다닐 수 있는 우리나라는 분명히 좋은 나라다.

"그런데 이 늦은 시간에 왜 여기 계세요?"

"집에 가서 애들 얼굴 보기가 창피해서요. 사실 애들은 내 생명이거든요. 술 취해 비틀거리는 모습을 보여주기는 정말 싫은데, 자꾸 술을 마시게 돼요. 애들은 지금 공부하든지, 자든지 하겠죠. 나도 자려고 했는데 도저히 잠이 안 오고 가슴이 터질 것 같아서 그냥 나온 거예요."

무슨 일이 있었냐는 아주 평상적인 질문마저도 그 여자를 쓰러뜨릴 것처럼 위태해 보였다.

"민수네 언니가 있었으면 좋겠는데, 그 언니가 전화를 안 받아요. 그 언니도 지금 심각해요."

민수엄마에게 무슨 일이 있나, 그래서 무슨 말을 하려다 만 것일까. 하지만 나이 탓인지 복잡하고 좋지 않은 소리는 내부에서부터 차단하고자 하는 거부 반응이 일어났다. 거짓이라도 좋으니 아름다운 이야기, 재미있는 이야기 그런 것이 좋아지는 것을 보니 나도 영락없는 속물이었다. 그러나 본인에게 채근해서 안에 있는 이야기를 끄집어내기도 버거웠고 그 이야기를 듣고 난 다음에 그 사연에 따라 처신해야 하는 어쩔 수 없는 상황도 싫었다. 모르는 게 약이지, 하면서도 이기적인 나의 행동에 민수 엄마가 많이 섭섭했겠다, 자책도 잠시였다.

"지난 주말에 남편이 왔어요. 민수 언니한테 대충 이야기 들으셨죠? 그런데 이 인간이 밤중에 식탁에 앉아서 머리를 감싸고 있는 거예요. 어디 아프냐고 했더니, '너무 보고 싶다.' 이러는 거예요. 내 앞에서 그 년이 너무 보고 싶다니, 그게 해도 되는 소리예요?"

참 솔직한 부부구나, 했다. 아내는 다른 남자와 잤다는 이야기도 하고, 남편은 다른 여자가 보고 싶어 죽겠다고 하고.

"그 애는 정말 솔직해. 그게 병이지. 솔직하게, 직접, 부드럽게, 말하라는 대화의 법칙이 있기는 하지만 그 애는 너무 솔직한 게 병이고, 아무한테나 제 이야기를 한다는 게 더 큰 고질병이지. 사람들도 누리 엄마를 푼수로 봐. 저 입에서 무슨 말이 나갈지 모르니까 같이 말을 섞을 수가 없어. 눈치가 없다고 해야 하나, 어쨌든 친구가 없어. 아무도 상대를 안 해주니까 혼자 중얼거리는 거야. 내가 불쌍해서 좀 친절하게 하면 착 들러붙어, 웃기지. 붙으라는 사람은 안 붙고 왜 골치 덩어리가 와서 붙을까. 남편하고 지금 애인 중에서 누구하고 자는 게 더 좋으냐고 물어봤더니, 자기 남편이 더 좋대, 더 잘 한다나."

그 대목에서 우리는 하하 웃었다. 사우나실의 뜨거운 공기가 입으로 들어오는데 공연히 눈물이 나려고 했다. 나는 끝내 친구인 민수엄마에게 사연을 묻지 않았다. 그냥 목욕하면서 시간을 흘려보내다 보면 어떻게 되겠지. 공중에 떠다니는 말은 어디엔가 머물다가 다시 돌아온다니까, 차라리 물로 씻고 또 씻어서 멀리 떠내려 보내는 편이 말을 하는 것 보다 더 나을 성 싶기도 했다. 민수 엄마야, 누구 안엔들 쏟아내지 못한 말이 없으랴, 그냥 그렇게 품고 출렁거리다가 하수도로 흘려보내면 그 뿐인 것을.

사막의 강

너 사막에도 강이 있다는 걸 아니? 물 한 방울 떨어지지 않는 사막에도 일년에 한번, 어쩌다 몇 년 혹은 몇 십 년 만에 폭우가 쏟아지는 때가 있다는구나. 그러면 그 물이 모래 틈으로 스밀 사이도 없이 골짜기로 모여 흘러서 강이 되어 흐른대.

그런 강을 와디라고 한다지, 그게 이해가 가니? 사막에서 강이 범람한다는 게?”

사막의 강

"그 땐 우리가 너무 젊었었지, 철도 없었고."

그가 어색하게 웃으며 느릿느릿 말했다. 혜인은 아무 말도 하지 않았다. 그러나 그의 말에 동의한다거나 아니면 그게 아니라는 정도의 의사 표현을 할 필요가 있다는 생각으로 약간 조급해졌다. 하지만 머릿속이 망연해져서 연기로 자욱 싸인 느낌이었다. 의식의 초점이 모아지지 않은 채, 그녀는 그의 말속에서 유독 '우리' 라는 낱말만을 골라서 곱씹고 있었다.

'그래 우리였었지, 그 땐. 우리 둘 다 철이 없었나, 아니면 당신이나 내가 철이 없었던 걸까.'

그녀는 알듯 말듯 미소를 머금은 채 마시다 둔 커피 잔을 끌어당겼다. 공연히 눈물이 핑 돌려고 했다. 그녀는 애써 눈을 크게 부릅뜨고 그를 향해 웃어 보였다.

"당신은 별로 변하지 않았군. 예전과 똑같아."

당신도 역시 변하지 않았다거나, 풍채가 더 좋아졌다든가 무슨 말이든 하려고 했지만 목젖이 들러붙는 것 같이 입안에서만 맴돌 뿐이었다. 그는 그녀의 말없음까지도 개의치 않는다는 표정으로 여유 있게 미소를 지었다.

그녀가 6교시 수업을 마치고 교무실에 들어서자마자 동료 교사가 수화기를 그녀의 코앞에 내밀었다.

"전화 바꿨습니다. 장혜인입니다."

몸은 피곤했지만 하루치의 수업을 다 마쳤기 때문에 혜인은 여느 때보다 한결 홀가분한 기분으로 대답했다. 수화기 저 쪽에서 약간 망설이는 듯한 목소리가 "나요" 라고 더듬거렸다. 순간 피돌기가 딱 멈춘 듯 그녀는 그 자리에 얼어붙었다. '나요' 라는 소리는 십년의 세월을 건너뛰어 갑자기 그녀 앞에 다가왔다. 꿈속에서 혹은 막연하게 그의 전화를 받는 장면을 상상해 보기도 했지만 이렇게 갑작스레 그녀의 귓가에 다가온 목소리에 놀라 가슴이 두근거리고 호흡이 가빠졌다. 혜인은 순간적으로 남의 눈에 보이지 않도록 벽을 향하여 얼굴을 돌렸다.

"나, 김병태요…… 놀랐지요? 서울에 세미나가 있어서 왔다가 혹시나 해서. 아직 학교에 나가고 있었구려……. 학교에 전화를 해서 물어봤더니 당신이 있다고 해서 얼마나 반가웠는지… 저어, 오늘 괜찮으면 당신을 한번 보고 내려갈까 해서… 저엉 부담이 된다면 할 수 없지만, 웬만하면 퇴근하는 길로, 광화문 육교 옆에 빵집 있잖아요. 거기 삼층에 레스토랑도 있던데…그리로 나왔으면 해요.”

혜인이 침묵을 지키고 있는 동안 그는 더듬더듬 말을 이어나갔다. 전화를 받는 혜인도 그렇지만 그도 매우 당황하고 있음이 역력했다. 그 때부터 혜인의 머릿속이 멍해져 갔다.

‘이제 와서 만나서 뭐하게요? 볼일 끝났으면 내려갈 것이지, 전화는 왜 해요?’ 라고 쏘아 붙여야겠다고 평상시에 그녀는 얼마나 많은 문구들을 머릿속에 짜 넣었다가 지우곤 했던가. 그런데 상상 속에서만 그려보던 상황이 막상 눈앞에 펼쳐지고 보니 온 몸에 맥이 스르르 풀리고 정신이 아득해서 그만 “알았어요.” 라고 수화기를 내려놓았다. 혜인은 자신이 생각만큼 강한 여자가 아니라는 생각에 약간은 굴욕감이 들었지만 그의 제의를 거절할 수 없었다.

아니, 그가 어떻게 변했을까 눈으로 확인하고 싶었다. 우연을 가장해서라도 그를 한번이라도 만나고 싶었던 것이 솔직한 심정이고, 그녀는 더 이상 자신의 감정을 속인 채 살고 싶지 않았다. 아이들 일을 핑계 삼아 일부러 구실을 붙여서 연락을 해 볼 수도 있었지만 선뜻 마음이 내키지 않았다. 한번쯤 만나야 할 것 같은 당위감을 느끼면서도 왠지 치사한 짓이라는 생각이 그녀를 잡아 세웠다.

하지만 요즈음 들어 왜일까, 그를 한번 보고 싶다는 생각이 서서히 그녀 안에 움트기 시작했고 그것은 이미 하나의 갈망이 되어가고 있었다. 한번쯤 그가 연락을 해올 수도 있다는 막연한 기대가 자라면서 그것은 서서히 간절함으로 변해가고 있다는 것을 그녀 자신도 느끼고 있었다. 만나서 무엇을 어쩌겠다는 것도 아니었다. 그냥 한 때 지나왔던 삶의 흔적을 확인해보고 싶은 마음, 아마도 나이가 먹은 탓일까. 그에게 전화를 받고 보니 자존심 상할 것도 없이 못이기는 척, 약속장소에 나가기만 하면 되는 일이었다. 하지만 그녀의 마음 한구석에서는 그래서는 안 된다며 그녀를 붙잡는 무엇이 있었다. 이미 남남이 되어버린 사람들이 만나서 무엇을 어쩌자는 것인가, 그 오랜 세월동안 헤어져 지내다가 새삼스럽게 왜 만나려는 것일까. 무엇보다 그에게는 아내가 있다. 그는 아들까지 낳은 다른 여자의 남자가 아닌가. 그러면서도 그녀는 화장을 고치고 옷매무새를 다듬었다.

그가 한번쯤 연락을 해주기를 은근히 바라면서도 그녀는 실제로 그런 일이 일어나지 않을 것이라는, 아니 그렇게 되어서는 안 된다는 명료한 의식으로 자신을 곧추 세워왔다. 다만 딸들이 자라서 혼사를 치르게 되면 한번쯤 그 일로 서로 만나야 할 거라는 막연한 생각을 은연중에 품어보기는 했다.

하지만 재작년 가을, 시아버지로부터 기대하지도 않은 쌀 가마니를 턱 받고 나자 자신의 의지와는 상관없이 아이들은 김씨네 핏줄이라는, 누가 뭐래도 김병태의 딸인 것만은 어쩔 수 없다는 사실이 확연하게 떠올랐다. 어떻게 주소를 알아냈는지 시아버지의 이름으로 쌀 두 가마가 배달되었을 때부터 생활의 리듬이 흔들리기 시작했다. 쌀자루 속에 볼펜을 꾹꾹 눌러 쓴 편지 한 장이 들어있었다.

'그동안 우리가 너무 무심했구나. 내가 너희들 몫으로 작정해 놓은 논에서 난 소출이다. 인경, 인화 앞으로 두마지기씩 떼 놓았는데, 남을 주어서 농사를 짓다보니 이것밖에 부칠 수가 없구나. 지나간 세월을 누구 탓을 하겠느냐. 그동안 마음은 그렇지 않았는데도 내가 너무 무심했다. 혼자 아이들 키우느라 고생 많았을 것이다. 내가 살아 있는 동안은 쌀이라도 부쳐주고 내가 죽더라도 이것은 아이들 몫으로 해 놓았으니 알아서 처리하도록 해라. 아이들에게 할아버지 노릇 제대로 하지 못했으니 이제부터라도 너희가 먹을 쌀이라도 올려 보내마.'

아마 돌아가실 연세가 가까워진 시아버지는 아무래도 그녀와 아이들이 마음에 걸렸나 보다. 비닐 마대에 담겨진 쌀 네 자루를 받아놓고 그녀는 망연해졌다. 이것이 재혼하지 않고 살아온 것에 대한 보답인가, 아니면 피붙이에 대한 연민인가.

택배회사 직원이 부려놓고 간 그대로 거실 한켠에 쌀자루를 쌓아둔 채 그녀는 이런 생각 저런 생각으로 심사가 어지러웠다. 시아버지 혼자 단독으로 하신 일인가, 아니면 그 사람도 알고 있을까. 여자들끼리만 사는 집이라 쌀자루를 들어 옮겨 줄 사람도 없어서 쌀자루는 한동안 그 모양대로 거실 한구석을 차지하고 있었다. 고등학생인 인경이와 중학생인 인화에게 쌀의 출처를 설명했을 때, 오히려 아이들은 키다리 아저씨나 나타난 듯이 든든한 표정을 지었다. 아비 없이 자라온 아이들에게 할아버지가 보낸 쌀자루는 보험증서와 같은 위력을 나타냈다.

일, 이층은 빵집이고 삼층은 레스토랑을 겸한 단아한 분위기의 건물로 들어서면서 그녀는 어떤 표정을 지어야 할까 약간 당황했다. 삼층으로 올라가는 나선형 나무계단을 오르면서 그녀는 자신이 지금 왜 이곳에 있는지 알다가도 모르겠다고 쓴웃음을 지었다. 그러나 그녀는 자석에 끌리듯 그 곳까지 왔다.

'이제부턴 내가 원하는 대로 살 테다.'

그녀는 다시 한 번 뇌까렸다. 그녀가 삼층 계단을 올라서자마자 베이지색 바바리를 입고 창가에 앉아 있던 남자가 손을 번쩍 쳐들었다. 마치 오랜만에 만난 막역한 친구처럼 혜인은 고개를 까딱하고 그의 앞자리에 가서 앉았다. 그리고 그를 바라보고 미소까지 지어 보였다.

"좋아지셨네요."

그녀가 건넨 첫마디였다. 그의 얼굴이 좋아진 건 사실이다. 그전엔 깡말랐던 몸에 적당하게 살이 올라 오히려 더 젊어 보이기까지 했다. 움푹 패였던 볼우물이 간데없고 자잘한 주름까지 엷은 기름기에 덮여 윤이 나고 있었다. 거기다가 신경질적인 모습은 간데없고 온화하고 지성적인 멋까지 풍기는 중년의 남자가 되어 있었다. 그녀는 갑자기 알 수 없는 질투심으로 얼굴이 붉어졌다. 그가 다른 여자와 함께 발전을 거듭하는 동안 그녀는 두 딸과 함께 허덕이며 살아오지 않았던가. 그녀도 멋진 남편을 집에 두고 왔다면 여유 있게 미소 지을 수 있었을까. 혜인은 왠지 자신이 초라해지는 것을 느꼈다.

"와줘서 고마워요. 혹시 당신이 나오지 않을까봐 마음을 졸였소. 한 시간만 더 기다리다 그냥 내려가려고 했는데…, 그냥 한번 만나보고 싶었어……. 만나서 당신과 이야기를 해야겠다는 생각은 오래전부터 들었어요. 그래야만 나도 마음이 좀 편할 것 같고. 우리는 서로 충분히 대화도 나누지 않은 채 헤어졌기 때문에 그게 늘 마음에 걸렸소. 당신 역시 할 말이 많이 있을 거구."

"나는 할 말이 하나도 없는데요. 십년도 넘게 잊고 살았는데 이제 와서 무슨 할 말이 있겠어요."

혜인은 냉차게 대꾸했다. 묵은 이야기를 들춰내자면 몇 날 밤을 새도 다 못할 것이지만 어디서부터 말머리를 풀어야 할지, 결국 할 말이 없었다.

"물어볼 자격도 면목도 없지만 아이들은 건강하게 잘 크고 있는지……."

그는 정말 면목이 없는 것처럼 말꼬리를 흐렸다.

"특별히 잘난 것은 없어도 보통 애들만큼은 돼요. 내 능력 되는 데까지 키웠어요. 그 애들도 복이 그 만큼이니까 홀어머니 밑에서 크겠지요. 다 즈이들 팔자소관이지 하고 살아요."

"미안하오, 그동안 무심해서……, 이번에 그 일도 좀 의논할 겸해서 겸사겸사 만나자고 한 거요."

"몇 시 차로 내려가세요? 대전까지 가려면 어서 서둘러야지요."

그녀는 또 마음에도 없는 말을 한다고 후회했지만, 잠시 후 헤어질 것이라면 애초에 심각하게 이야기를 시작할 필요가 없을 것 같았다. 한번 사연이 풀어지면 주체할 수 없이 흘러나올 것 같았기 때문이다.

"가는 차는 밤새도록 있고 아무 때나 가도 되니까 신경 쓰지 말아요. 오늘은 어차피 출장으로 올라 온 길이니까."

그의 말에 그녀는 왠지 모를 야릇한 쾌감 같은 것을 느꼈다. 혜인은 하마터면 그의 아들이 잘 있느냐고 물을 뻔 하다가, 아차 입을 다물었다.

혜인이 눈을 내리깔고 있는 동안 제복을 입은 아가씨가 주문을 받으러 왔다. 그는 밤색 통가죽 덮개가 반질반질하게 길이 든 메뉴판을 들고 혜인을 건너다보며 말했다.

"마침 식사 때니까 먼저 식사를 하고 차를 마시는 게 좋겠지요?"

혜인은 고개를 끄덕거렸다. '물론 그게 더 좋겠지요.'

그녀는 속으로 말대답을 하면서 메뉴판에 박혀있는 음식 이름들을 건성으로 훑어 나갔다. 그는 무엇이든지 골라보라는 식으로, 혜인이 선택한 것을 자기도 선택하겠다는 양으로 혜인만 바라보고 있었다.

"별로 식욕이 없는데 뭘 먹어야 좋을지 모르겠어요. 차라리 나가서 비빔밥이나 칼국수 같은 걸 먹는 편이 낫겠어요."

공연히 강짜가 일었다.

"그건 다음번에 먹기로 하고 오늘은 여기서 골라 봐요."

다음번이라는 말이 혜인의 귀를 자극했다. 그 말의 파장은 부르르 떨면서 오른쪽 어깨의 살을 파고 들어오는 것 같았다. 혜인은 오른쪽 어깨를 주무르다가 "비프스테이크 어때요?" 하는 그의 말에 괜찮다는 고개 짓을 했다.

"어깨가 아파요?"

그는 걱정스레 혜인을 바라다 봤다.

"아뇨, 그냥. 나이가 나이인 만큼 이제 저럴 때도 됐죠."

"칠판에 판서를 많이 해서 그런 건 아닐까?"

그는 안쓰럽다는 듯한 눈빛으로 혜인을 바라보았다. 혜인은 말없이 그를 똑바로 쳐다보았다.

'당신이 감히 나를 걱정할 자격이나 있어?'

고기를 지나칠 정도로 잘게 토막 내면서 혜인은 접시에 눈길을 고정시키고 있었다. 그녀는 삶은 콩, 버터를 발라 구운 감자, 옥수수 알, 브로콜리 등등을 포크로 헤쳐대고 있었다.

"입맛이 없더라도 건강을 생각해서 좀 들어요. 그래야……."

그는 입을 다물었고 슬그머니 포크를 내려놓았다.

"미안해. 당신한테 밥 한번 제대로 사주지 못한 것이 늘 맘에 걸렸어. 그러니까 지금이라도 좀 먹어주면 좋겠어. 정 맘에 안 들면 비빔밥을 먹으러 나가든지."

"괜찮아요. 천천히 먹으면 되잖아요. 요샌 외식하러 자주 나가나보죠?"

"그냥 그렇지. 자주는 아니고, 가끔 식구들이 조르면 같이 가요."

그는 멋쩍은 듯 아내라는 말을 쓰지 않고 식구들이라는 단어를 선택했다.

"아들이 많이 자랐겠네요?"

"지금 초등학교 3학년이지."

"나는 아들도 못 낳아주고 나왔는데, 대를 잇게 돼서 다행이에요."

"……."

웨이터가 음식이 많이 남아있는 식기를 걷어가고 대신 커피를 가져다주었다. 밖은 이미 어두워져서 불빛이 깜박대고 있는데 두 사람 사이를 겉돌면서 시간이 속절없이 흐르고 있었다.

"인경이와 인화는 어떻게 지내고 있는지…… 아마 인경이가 고등학교 2학년이고 인화가 중학교 3학년이지 싶은데……."

"잘 있어요. 다행히 크게 속 썩이는 일없이 학교에 잘 다니고 있어요. 공부를 아주 잘하지는 못하지만 그런대로 상위권이고요."

그는 눈을 내리깔고 잠시 뜸을 들였다.

"염치없는 소리지만, 언제 한번 애들을 만나볼 수 있을까? 아이들에게 충격을 줄 것 같으면 할 수 없지만……."

'할 수 없지만' 이라는 말이 혜인의 비위를 뒤집고 신경을 까슬하게 만들었다. 이 남자는 아직도 '할 수 없지만' 이라는 말에서 벗어나질 못했나. 그는 늘 '할 수 없지만' 이라는 단서를 달고 살았다. 혜인이 이혼을 요구했을 때도 그는 자기는 이혼을 원하지는 않지만 혜인이 원한다면 할 수 없다며 도장을 찍어주었다. 혜인의 딸들은 김병태의 딸이기도 한데 지금도 여전히 할 수 없다면 포기하겠다는 투였다. 그는 왜 예나 지금이나 '난 내 딸들을 만나 볼 권리가 있다' 고 강하게 나오지 못하는 걸까. 그는 늘 모든 것을 혜인에게 물었다. 극장갈까? 어느 영화를 볼까? 무슨 음식을 먹을까? 선택권은 늘 혜인에게 있었다.

친구들은 자상하고 민주적인 남자라고 추켜세웠지만 혜인은 그 선택권이 점차 부담스러워졌고 나중에는 두려웠다. 그는 민주적이 아니라 모든 것을 혜인에게 떠넘기는 무책임한 남자였던 것이다. 어느 영화를 보러 가자고 강하게 잡아끄는 남자가 부러웠던 것도 사실이다. 그녀에게는 매사를 시시콜콜 묻는 남자보다는 앞에서 인도해 줄 사람이 필요했다.

"할 수 없으면 안 보면 되는 거죠, 뭐. 이제까지 아빠 없이 잘 살아왔는데 새삼스럽게……."

"그래도 보고 싶기는 하지. 얼마나 자랐는지 궁금하기도 하고."

"그럼 만나보면 되지, 뭐가 문제예요?"

혜인의 말투에 칼이 들어갔다. 그는 빙그레 웃었다.

"하나도 안 변했군. 당신은 언제나 당당했지. 그게 매력이고."

당당한 여자, 혜인은 그가 한 말을 곱씹었다. 당당한 여자라니. '바보, 머저리, 너는 아직도 나를 몰라.' 그들은 십년만의 만남치고는 스스로 놀라울 정도로 자연스럽게 앉아 있다가 일어섰다.

밖에는 자동차 불빛이 어지러웠고 큰 건물의 머리에 달려 있는 대형 광고판에서는 화면이 빠른 속도로 현란하게 바뀌고 있었다.

"이제 가야죠. 집에서 기다릴 거 아니에요?"

그는 가볍게 고개를 끄덕였다. 그의 눈가에 쓸쓸한 표정이 지나갔다. 순간 그의 결혼생활이 왠지 순탄하지 못할 것이라는 직감이 와 닿았다. 정작 그렇게 되기를 바라는 심사가 있었음을 부인할 수 없지만 막상 눈앞에 고개 숙인 남자를 보자 측은한 생각이 들었다.

"잘해 주세요. 이왕 우리는 이렇게 되어버린 사인데……."

그는 대답대신 미소를 지으며 고개를 끄덕였다.

"당신도 재혼해서 잘 살기를 바랐는데. 어쨌든 미안하다는 말밖에 할 말이 없군."

"혹이 하나도 아니고 둘씩 딸린 여자를 누가 데려간대요?"

"그래도 당신은 갈 줄 알았어. 능력이 있으니까."

구두 앞 축으로 바닥을 긁고 있던 그는 굳이 집에 바래다주고 가겠다며 혜인을 따라 나섰다.

"내가 지금 열여덟 살 아가씨로 보여요? 그냥 길에다 세워

놔도 아무도 안쳐다보는 아줌마라구요. 걱정할 것 없어요."

그래도, 라는 표정을 짓던 그는 혜인의 말에 순순히 동의했다. 그 대신 다음에 다시 만나자는 말을 남기고 돌아섰다.

'저 인간은 늘 저 모양이야. 변한 게 하나도 없어.' 멀어져 가는 그의 뒷모습을 돌아다보며 혜인은 두 손을 꼭 쥐었다.

"너 사막에도 강이 있다는 걸 아니? 물 한 방울 떨어지지 않는 사막에도 일년에 한번, 어쩌다 몇 년 혹은 몇 십 년 만에 폭우가 쏟아지는 때가 있다는구나. 그러면 그 물이 모래 틈으로 스밀 사이도 없이 골짜기로 모여 흘러서 강이 되어 흐른대. 그런 강을 와디라고 한다지, 그게 이해가 가니? 사막에서 강이 범람한다는 게?"

"……."

상대편 여자는 화장대 앞에서 헤어밴드를 한 채 고개를 가로 저었다.

"그래, 너는 이해할 수 없을 거야. 그런데 사막에 강이 흐를 땐 정말 요란하단다. 물이 콸콸 흘러가는데 다른 소리는 아무 것도 안 들려. 사막에 그렇게 많은 물이 있다는 게 신기할 뿐이지. 진흙탕 속에서 다 말라가던 고기들이 살아나고, 갑자기 풀들이 자라고, 어디서 왔는지 수없이 많은 잠자리 떼가 날고, 새떼가 하늘을 덮고, 사막이 초원으로 변하는 광경을 상상할 수 있겠어? 눈물이 날 지경이야."

"……."

"내 경우가 그랬어. 내 속에 어딘가에 그런 생기가 있었는지, 그런 정열이 있었는지. 그게 놀랍고 신기했어. 윤리니 도덕이니, 인간의 도리, 이런 말들은 하나도 의미가 없었지. 나한테는 정말 생기가 필요했거든. 그 때 나는 거의 죽어가고 있었어. 남들이 불혹이라고 하는 사십 고개를 넘자 나는 지치기 시작했지. 의지로 사는 것에도 한계를 느꼈거든. 만약 곧 죽을 운명이라고 한대도 별로 섭섭하지 않았을 거야. 고통 없이 죽어서 쉴 수만 있다면 좋겠다고 생각한 날들도 있었지. 그러면 아이들이 어떻게 되느냐구?"

화장대 앞의 여자는 마사지 크림의 뚜껑을 열다가 말고 빤히 쳐다보았다.

"문제는 바로 그거야. 아이들이 불쌍해지는 거지. 나는 아이들 때문에 아프면 안 되고 죽어서는 더욱 안 되도록 담보잡힌 몸이야. 죽음은 그 애들 다 키워놓고 생각해도 되니까. 그런데 너에게만 솔직히 말할게. 사실은 아이들도 부담스러워지기 시작했어. 그 애들이 어렸을 땐, 이 아이들을 위해서라면 열심히 살 수 있을 것 같았어. 내 귀여운 딸들과 함께 살 수 있다면 절대로 후회 같은 건 하지 않을 자신이 있었거든. 그래서 부득부득 우겨서 아이들을 내가 맡겠다고 데려왔던 거구. 그럼 지금은 후회하냐구? 글쎄, 아마 후회한다는 뜻은 아니구 그냥 뭐랄까, 허무하다고 할까. 뭔가 비어있는 듯한 느낌 있잖니? 내게서 생기가 모조리 빠져나가서 마치 허깨비가 살고 있는 것 같은……, 그래도 아이들이 없었다면 지금까지 견딜 수 없었을 거야."

화장대 앞의 여자는 가만히 고개를 떨구었다.

"내 말 듣고 있지? 그런데 내가 지쳐서, 누군가 나타나서 내 손을 잡아주었으면 좋겠다고 생각한 바로 그 때, 그이가 나타난 거야. 내가 재혼을 안 하고 살고 있으니까 상당히 부담감을 느끼는 것 같았어. 사실 일부러 재혼하지 않은 게 아니고, 너도 알다시피 혼자 사는 사람들끼리 눈이 맞아서 연애를 한다면 몰라도 재혼이라는 게 얼마나 조건 맞추기식이냐. 이쪽에 애가 둘이 있으니까 저 쪽에도 애가 둘이 딸릴 각오를 해야 하고, 이쪽에 어느 정도 경제력이 있으니까 저 쪽에 부담 줄 일은 없고, 특히 딸을 가진 경우에는 시집보내서 털어버리면 되니까 아들가진 사람보다는 조금은 더 유리해지고 말이지……."

이번에는 화장대 앞의 여자가 고개를 끄덕여 주었다.

"그이를 뜻밖에 만나게 되니까 처음에는 좀 당황했어. 사실 뜻밖이란 말은 잘못된 거야. 그래, 언젠가 한번쯤 우연히 만났으면 좋겠다는 생각은 있었지. 그이에게 당당한 모습을 보여주고 싶었는데, 아니야. 그럴 기력도 없었어. 그이랑 어떻게 해 보겠다는 계획은 전혀 없었고 그냥 같이 있어줄 사람이 필요했어. 뭔가 따지고 싶지도 않았어. 그이는 어쨌든 내겐 익숙한 사람이었잖아. 마음도 약한 사람이고, 전엔 그게 몹시 싫었어. 이 남자는 줏대도 없나, 의지력이 이렇게 약한가, 이 남자랑 살다가는 그 생활에서 벗어날 수 없을 것 같았거든."

화장대 앞의 여자는 물 컵을 당겨 한 모금 마셨다.

"지금 와서 생각해 보면 아무 것도 아닌데, 그 땐 질식할 것 같아서 난 이혼이라는 핑계로 사실 그 집에서 탈출한 거야. 모두들 말렸지, 무모한 짓이라고. 그래도 난 그렇게 생각하지 않았어. 그런데 세월이 지날수록 내가 무엇에서 탈출했는지가 흐려지는 거야. 그이하고 난 너도 알다시피 캠퍼스 커플이었잖니. 온 학교가 요란하게 연애를 했었지. 늘 함께 다녔으니까. 그인 군대문제로 나보다 늦게 졸업을 했고 난 운이 좋게 교사 자리를 얻었잖아. 내가 벌어서 뒤를 댈 테니까 그이더러 대학원에 가라고 했지."

이번엔 화장대 앞의 여자가 고개를 끄덕이며 미소를 지었다.

"그런데 아이가 생기자 아이를 돌봐줄 사람이 필요했어. 할 수 없이 시골에 있는 시댁에 딸을 맡겼지. 시골 노인네들의 육아 방식대로 아이는 촌스럽게 커 가고, 다른 아이들이

에이, 비, 시를 배운다고 법석일 때, 우리 아이는 기역자도 몰랐어. 언젠가 주말에 시댁에 갔다가 새까맣게 그을린 아이가 할머니하고 텃밭에서 벌레를 잡는 것을 보고 난 질겁했어. 송충이 보다 더 징그러운 깨벌레를 잡아서 밭둑에 놓아주면 우리 아이는 조그만 발로 천연덕스럽게 그걸 밟아 죽이고 있더라구. 할머니하고 호흡이 척척 맞아가지고. 결국, 누가 좋고 나쁘고의 문제가 아니라 문화가 다른 거였어. 시어머니는 아이에게 영어 테이프를 사다주는 나를 돈을 쓸 데 없어 환장을 한 여편네쯤으로 여긴 것 같아. 아이 문제는 그렇다 치고, 그 양반들은 요새 부모들이 자식 교육을 위해서 얼마나 공을 들이는지를 모르는 분들이었어. 오직 당신들이 부모님께 했던 것처럼 자식이 효도하기만을 바라고 계셨지. 심지어는 그이의 대학원 학비조차 걱정하지 않으셨다니까. 하다못해 당신 아들 때문에 며느리가 고생한다는 생각조차 하지 않는 것 같았어. 아이를 맡아서 길러 주는 것만으로 큰 자선을 베푸는 듯한 표정이었다구. 그런 걸 요새는 입장 차이라고 하더군."

화장대 앞의 여자는 마사지 크림을 손가락 한마디 정도 퍼서 얼굴에 펴 바르려는 참이었다.

"이야기를 계속할게. 시댁과의 문제는 좀 섭섭하긴 했지만 그런대로 참을만 했어. 아니 포기했다고 하는 편이 낫지. 다른 시어머니들은 며느리가 아이를 낳으면 붓기 빠지라고 호박을 다려 온다, 보약을 해 준다 야단들이잖아. 시어머니는 그런 것은 통 모르는 분이었어. 당신이 그렇게 대접을 받은 적이 없어서 그런가 보다 이해하려고 무지 애를 썼지, 그것도 이 집의 내력인가 보다 하고. 당신은 아무 것도 없는 집에 시집을 와서 길쌈하고 품 팔아서 몇 마지기 되는 논도 사고 집안을 이루어 놓으신 분이니까. 어머니도 사실 손에 물이 마를 날 없이 분주하게 살았지. 그러나 당신은 그걸 못나고 못 배운 탓으로, 그 시절 여자들은 다 그러려니 하고 세상 탓으로 돌리셨지. 이제 와 생각하니 어머니는 남편 뒷바라지하랴, 주말마다 아이 보러 다니랴, 가사 일과 학교일에 허덕거리는 나를 불쌍히 여기기는커녕 부러워하셨던 것 같아. 너는 시절을 잘 만나서 여자로 태어났지만 훈장질도 하지 않느냐는, 뭐 그런 거였지."

화장대 앞의 여자는 눈을 감은 채로 크림을 얼굴에 꼼꼼히 펴 바르기 시작했다.

"내가 제일 괴로웠던 것은 다른 게 아니었어. 이 집안에 와서 내가 소모되고 있다는 느낌이었지. 나는 애초부터 아무 것도 없는 집안에 시집가서 집안을 일으킬 주변머리가 없는 사람이었어. 그런 걸 아예 꿈도 꾸지 않았지. 나는 평강공주가 될 마음은 손톱만큼도 없었다니까. 남편이 빨리 학위를 마치고 대학에 자리 잡으면 나는 집 안에 들어앉아 교양 있게 소설책이나 읽다가 여성 잡지에 나오는 것처럼 집안을 아기자기 하게 꾸며 놓고, 저녁 먹고 나면 남편과 분위기 좋은 카페에 가서 와인이나 한잔씩 나누는 그런 거, 그런 게 내 꿈이었어. 그런데 둘째 아이를 낳고 부턴 나는 생활의 피로로 휘청거리기 시작했어. 둘째 아이부터는 어차피 남의 손을 빌려야 하니까 시골에 있던 큰딸을 데려왔지. 아파트 같은 통로에 있는 아주머니 댁에 아이들을 데려다 주었다가 퇴근하는 길에 데리고 왔어. 제 아빠가 아침에 아이들을 데려다 줄 때가 많았지. 잠도 덜 깬 애들을 억지로 깨워서 보내는 게 얼마나 안쓰러웠던지. 나는 나대로 피곤했어. 서둘러 출근했다가 집에 돌아오면 밀린 설거지며 청소, 그리고 빨래도 해야지. 아이들과 밤늦도록 놀아주고 뒤치다꺼리 해야지. 정말 이런 게 삶이라면 꼭 살아야 하나 회의가 들었지."

"그래도 몇 년만 더 참았으면 아이들은 클 거구, 좀 덜 힘들지 않았을까?"

화장대 앞의 여자는 티슈로 얼굴을 닦아내며 눈을 동그랗게 떴다.

"물론이지. 하지만 사람이 막바지에 몰리면 몇 년 후의 일까지 생각할 여유가 없어. 막 삼십 고개를 넘어가는 때였으니까 정서적으로도 많이 흔들리고 있었지. 내 아까운 이십대를 무엇을 위해 바둥거렸는지, 내 마음속엔 온통 억울하다는 생각뿐이었거든. 그이는 논문을 써야 한다는 구실로 집안일엔 손도 대지 않았어. 아니 집안일은 여자들이나 하는 것쯤으로 세뇌가 되었을 거야. 내가 퇴근해서 돌아왔을 때 아침 설거지는 그대로 물에 미끄덩하게 잠겨 있는데 그이는 잠을 자고 있는 거야. 밤새도록 아이가 보챌 때도 그이는 다른 방으로 가서 잠을 자지. 나는 아이를 데리고 앉아서 졸면서 우유를 먹였어. 우유병을 물려주었는데도 계속 우는 소리가 나서 눈을 번쩍 떠보면 젖꼭지가 아이의 목에 가 있을 때도 있었지. 내가 억지로 그이를 깨우면 마지못해 일어나서 아이를 안아주었어. 내 월급으로 아이들 봐주는 비용 빼고 나면 남편 학비대기도 벅찼어. 그러면서도 친정 엄마한테는 시댁에서 학비도 대주고 식량은 물론 반찬도 다 해서 보내준다고 거짓말을 했지. 남들은 남편이 아침에 학교까지 차로 데려다주는데 학생들과 함께 붐비는 버스로 통학해야 할 때는 약간 창피하기까지 했어. 하지만 그런 건 참을 수 있었어. 내가 선택한 삶이니까 누구를 탓할 수도 없었지."

여자는 한숨을 길게 내쉬었다.

"그런데 남편은 제대로 공부를 하지 않는 것 같았어. 최소한 내가 볼 때만이라도 열심히 공부해야 하는데 그는 늘 잠을 자고 있었지. 물론 밤중에 일어나서 새벽까지 공부를 한다고 했지만……, 어쨌든, 나는 허덕대고 있는데 너는 네 멋대로 살고 있구나 하는 생각이 들기 시작하면서 내 신경이 극도로 날카로워져 갔지. 어느 날 남편의 호주머니에서 극장표 두 장이 나왔어. 자존심이 상해서 꾹 참고 있다가 지나가는 말로 물어봤더니 모르겠대. 머리가 아파서 극장에 간 적은 있는데 생각이 잘 안 난다나. 두 장인 걸 보면 누군가와 함께 갔을 텐데, 그런 적이 결코 없다는 거야. 혼자서 가끔 가는 적은 있어도 누구와 같이 간 적은 전혀 없대. 극장표가 왜 두 장이냐고 재우쳐 물으니까 '글쎄, 그 옆자리 것까지 주워 담았나' 그 정도로 대답하고 말아. 자기는 늘 대범하고 나만 잔소리를 해대는 아주 유치한 여자로 만드는 거지. 어쨌든 네 마누라는 밤낮으로 뼈골이 휘게 일하고 사는데 너는 머리 아프다고 극장엘 가는구나, 설거지나 하고 빨래라도 좀 해 놓지, 그런 생각이 자꾸만 드는 거야. 내가 그렇게 이해심이 모자란 여잔가?"

"그렇지 않아. 하지만 그 남자 입장이 되어봐. 돈도 못 버는데 집안일까지 하면 스스로 얼마나 굴욕감이 들겠어. 물론 피곤한 아내를 도와준다는 사랑의 마음에서 할 수 있으면 좋았겠지만."

화장대 앞의 여자는 다시 한숨을 쉬고 눈썹을 내리 깔았다. 듣고 있는 그녀의 얼굴에 피곤한 기색이 역력했다.

"그래, 그런 상태가 일 년, 이 년 계속되었는데, 그만 더 이상 못살겠다는 비명이 나오더구나. 내 젊음이 시궁창의 물처럼 흘러가고 있는데, 그걸 빤히 보면서도 어떻게 해 볼 용기가 나질 않았어. 그래서 어느 날 자다 말고 벌떡 일어나서 곤히 자는 그이를 깨워서 다짜고짜 이혼하자고 했지. 그이는 잠이 덜 깨서 그런지 웬 잠꼬대를 하느냐는 투였어. 자다 말고 왜 그러느냐고 그냥 계속 자라는 거야. 그 대목에서 나는 화가 나기 시작했어. 아니지, 화가 화산처럼 그냥 폭발해 버린 거야. 그 때까지만 해도 이혼하고 혼자 살고 싶다는 생각을 가끔 해보긴 했지만 정말 그렇게 해야겠다는 생각은 없었을 거야. 한번쯤 엄살도 부려보고 싶고 어쨌든 나는 나대로 비명을 질러 본거지. 그런데 웬 쓸데없는 소리냐는 듯한, 그이의 표정을 보자 나는 이 남자와는 도저히 더 못살겠다는 판단이 섰어. 그래서 당신하고 살다가는 아무래도 내가 미치든가 어쨌든 불행해 질 것 같다고 했지. 그랬더니 이 남자가 가만히 듣고 있더라. 다른 이유라면 몰라도 내가 불행하게 되는 것은 절대로 원치 않는다나."

그 대목에서 그녀는 눈물을 글썽거렸다.

"그런데 내가 불행하다면 그건 자기 잘못이고, 만일 헤어져서 내가 덜 불행할 수 있다면 기꺼이 헤어지겠대. 그리고 자기도 꼬투리만 잡히면 언제나 이혼하자고 덤빌 것 같은 내

눈초리에 시달렸다고 하더라. 자기가 부정을 저지르거나 무슨 잘못을 해서 남 보기에 명분있게 자기를 떼어버릴 구실을 찾는 여자 같아 보였대. 기가 막혀, 이 남자는 언제나 그랬다니까. 그 순간 나는 이 남자는 내가 기댈 그늘이 못 되는구나 깨달았어. 거짓말이라도 좋으니 조금만 기다리면 끝이 보일 거라고, 좀 더 나아질 거라는 말을 왜 못 하는 거야. 나는 출구 없는 동굴에 갇힌 기분이었고, 그 순간 이 남자와 헤어져도 절대로 후회할 일은 없을 거라는 다짐을 했지. 내가 이혼한 이유가 너무 싱겁니? 그래도 나에게는 절실했다. 이해가 갈 진 모르지만……."

화장대 앞의 여자는 화장솜을 스킨로션으로 적시고 있었다.

"그 다음에 내가 어떤 생활을 했는지는 너도 잘 알지. 나는 꿋꿋하게 살기로 했다. 친정부모 때문에 걱정이 되기도 했지만 그 모든 것보다도 내가 더 중요한 거 아냐? 나는 살아야만 했어. 그 지리한 생활을 계속했다면 나는 어쩌면 약이라도 먹고 죽었을지 몰라. 그리고 우리는 한 번도 안 만났어. 신기하게도 인경인 아빠를 찾지 않았어. 인화가 유치원 다닐 때 그림책을 보면 엄마, 아빠 손잡고 가는 그림이 많이 나오잖아. 그럴 때 좀 힘들었지. 식당에 가서 남자 신발을 보면 '이건 아빠신이야' 라고 하거나 엘리베이터에서 아무 남자나 보고 '아빠' 하고 작은 소리로 중얼거릴 때는 무척 당황하기도 했어. 그러는 동안 그이는 젊은 여자와 결혼해서 아들을 하나 낳았다는 소식을 들었지. 그가 결혼한다는 소식을 들었을 때는 이혼서류에 도장을 찍고 났을 때보다 더 서운했어. 그리고 내가 먼저 보란 듯이 결혼하지 못한 것이 자존심도 상했었고. 사람의 마음은 참 간사하지. 그리고 몇 번 선을 보기도 했지만 마땅하게 마음이 끌리는 데가 없어서 지금까지 네가 알다시피 이 모습으로 살아왔던 거야."

"……."

"그런데 갑자기 그이가 나타났어. 내가 사막처럼 버석버석 말라가고 있는 데, 그이가 나타났단 말이야, 마치 오아시스처럼."

화장대 앞의 여자는 스킨에 적신 솜으로 얼굴을 촉촉하게 닦았다. 그녀의 눈에는 물기가 어려 있었다.

"첫 번 만나고 나서 그이는 주말마다 올라왔어. 토요일 종일 나를 만나고 밤차로 내려가곤 했지. 그이의 가정에 이상이 생겼구나, 직감했어. 그래서 어느 날 물었지. 그이는 망설이다가 별거중이라고 하더구나. 그 여자가 아이를 데리고 친정으로 간지 오래되었다고. 참 아내 복도 어지간히 없는 남잔가 봐. 교수 체면에 두 번 이혼한다는 게 여간 걸리지 않았지만 곧 정리할거라고 하더라. 나랑 헤어지고 나서 지방대에 강의 나갔다가 알게 된, 아마 학생이었던 여자였나 봐. 나이 차이도 많고, 아마 세대 차이도 났을 거야. 그 여자 입장에서는 저 우유부단하고 마음 약한 남자가 전처와 아직도 선이 닿아있지 않은가, 신경이 많이 쓰였을 거야. 그 일로 부부 싸움도 많이 한 것 같아."

상대의 여자는 이해하겠다는 듯이 고개를 끄덕였다.

"어느 날 나를 만나고 나서 돌아서는 그의 모습이 애처롭더라. 그래서 아이들 보고 싶으면 집에 와도 좋다고 했지. 그 다음부터 그이는 금요일만 되면 우리 집에 와서 월요일 새벽에 내려가곤 했어. 마치 오랫동안 먼 곳에 가 있던 아빠가 돌아 온 것 같았지. 아이들도 처음엔 서먹서먹하다가 으레 금요일이 되면 아빠 오기를 기다렸어. 그이는 지방에서 근무하다가 돌아오는 정상적인 가장, 우리는 주말부부 같았지. 내 침실에는 침대 카버도 새로 바뀌고 커튼도 새것으로 갈았단다. 그이와 함께 손을 꼭 잡고 누워 있으면 지금까지의 일들이 꿈이 아니었나. 지금이 꿈인지, 지난 일이 꿈인지가 아른아른 했어."

"……"

"얘, 사막에도 꽃이 핀다는 거 아니? 강물만 있는 게 아니구, 꽃도 지천으로 피더구나. 몇 년 동안 모래 속에 묻혀있던 씨앗들이 비를 만나면 일제히 활개를 펴고 일어나서 아주 빠른 속도로 꽃을 피우고 씨를 남기는 거야. 이십오 년 동안 모래 속에 묻혀 있던 새우 알이 부화되었다고도 하더라. 아무튼 내가 바로 그랬어. 십여 년 동안 담담하게 살아오던 내 안에 그런 열정이 숨어 있었다는 사실에 나도 놀라곤 했다니까. 와디 말고도 사막에 강이 있다고 아까 말했지? 그 강은 모래 깊숙이 흘러서 보이진 않지만 정말 사막에도 강이 흐르고 있단다. 물 한 방울 없는 사막에도 깊이 내려가 보면 땅속으로 흐르는 강이 있다구. 자기도 모르는 강이 있단 말이야. 나는 숨어 있는 강줄기를 보았어. 어느 날 소낙비를 만나자 넘실넘실 넘쳐흐르게 된 그 강물을 보았단 말이야. 그 강물이 밖으로 흐르게 되면 모든 것이 바뀌지. 사막에도 꽃이 피고, 새도 날아들고, 물을 마시러 오는 동물도 있게 되지. 그러나 그 강은 오래 흐르지 않고 곧 땅속으로 다시 들어가 버린단다. 너, 내 말 듣고 있니?"

화장대 앞의 여자는 고개를 끄덕였다. 그녀의 눈에는 커다란 눈물방울이 어룽져 있었다.

"그렇게 몇 달이 흘렀어. 우리는 곧 재결합할 준비를 했지. 그 여자가 이혼 서류에 도장을 찍기만 하면 되는 일이었으니까. 그이도 나도 세월이 주는 여유를 가지고 있었고, 지난 날 우리가 미숙했던 점을 깨닫고 있었지. 그래서 물 흐르듯이 유연하게 우리의 행복을 맛보고 있었다. 그런데 어느 금요일 그이가 오지 않았어. 정성들인 저녁 식탁이 무색해질 무렵, 사정이 있다는 그의 말에 힘없이 수화기를 내려놓았지. 그 다음 주에도 역시 못 오겠다고 전화가 왔는데, 결국 그 여자가 아들을 데리고 다시 돌아왔다는 거야. 절대로 이혼은 안 해준다며 버티는 거지. 자기가 알아서 해결할 테니 시간을 달라고 했지만 그이의 성격은 내가 잘 알아. 그렇게 독하고 결단성 있는 인물이 못되잖아. 그이 성격에 이중생활은 못할 거고, 나도 그것만은 수치스러웠어. 처음에는 배신감으로 밤을 밝혔단다. 그리고 나는 다시 사막처럼 바삭바삭 건조해진 거야. 한 바탕 폭우가 휩쓸고 간 후에 마치 아무 일도 없었던 것처럼 땡글땡글한 햇살만 부서져 내리는 사막."

화장대 앞의 여자는 눈물을 훔치고 휴지로 코를 팽하고 풀었다. 그리고 거울 속으로 방문이 열리는 것을 보며 거울을 향해 웃어 보였다.

인경이가 문 앞에 서 있었다. 혜인은 화려한 핑크색 레이스 잠옷과는 대조적으로 겉도는 초췌한 자신의 모습을 거울로 일별하며 돌아앉았다.

"엄마, 또 울고 있었죠."

'아니.' 라고 부인 할 수 없을 정도로 인경이가 단호하게 말했다.

"엄마, 제발 그러지 말아요. 우리는 지금까지 아빠 없이도 잘 살았잖아요. 나는 아빠가 미워요. 처음부터 아빠가 미웠지만, 엄마가 행복해 하니까 엄마만 좋다면 그만이라고 생각했어요. 그런데 이게 뭐예요. 그리고 엄마에게는 아빠만 전부고 우리는 아무 것도 아닌가요?"

인경이의 목소리에는 울음이 섞여 있었다.

"엄마, 우리들을 생각해 보셨나요? 다른 엄마들은 공부 때문에 신경 쓰느라고 난리들인데 우리만 버림받고 있는 거 같아서 너무 섭섭해요. 엄마, 요새 성적이 어떻게 되었는지 묻지도 않고 관심조차 없잖아요. 그렇게 힘들면 엄마도 결혼하세요. 우리 둘이 밥 해 먹고 학교 다닐 수 있어요. 어차피 인생에 중요한 일은 혼자서 겪어야 한다고 엄마가 늘 말했잖아요."

혜인은 들썩이는 인경이의 등을 쓰다듬었다. 목이 메어서 미안하다는 말조차 나오질 않았다.

'인경아, 인화야, 엄마가 어리석었다. 하지만 아빠를 너무 원망하지 마라. 그래도 너희 아빠잖니. 앞으로 엄마가 씩씩하게 살도록 할게.'

한참을 울고 나니 혜인은 자신이 너무 오랫동안 울지 않았다는 생각이 들었다. 어릴 때부터 남에게 눈물을 보이기 싫어했고 김병태와 사는 수년 동안 그녀는 눈물 한 방울도 흘리지 않고 꿋꿋이 버텨냈다. 밖으로 흐리지 못한 눈물이 가라앉아서 그녀의 마음속 깊은 곳을 흐르는 강물이 되었나. 실컷 울고 나니 그래도 개운해 지는 무엇인가가 있었다. 사막에 비가 올 때 최선을 다해 빨리 꽃을 피워내는 씨앗들처럼 혜인의 안에 있던 씨앗들이 이미 한바탕 왁자한 소동을 부리고 난 후였다. 혜인의 안에 잠잠히 흐르던 강물이 범람해서 그녀로 하여금 잠시 궤도를 이탈하게 만들었지만 그녀에게도 강물이 있다는 것을 가르쳐 주었다. 아무 것도 없는 사막 깊숙한 곳에 강이 흐르는 것처럼 혜인의 마음 속 깊이 소리 없이 강이 흐르고 있었다. 그래, 앞으로는 삶이 종이꽃처럼 그렇게 버석거릴 것 같지는 않아. 내 안에도 물줄기가 있으니까. 혜인은 거울을 들여다보며 거울 속의 여자에게 미소를 보냈다.

훤(昍)

막말로 너 길바닥에 가서 하루 종일 서 있어봐라. 지나가는 놈이 너한테 단돈 십원이라도 주나.

그래도 원우애비나 되니까 한 달에 팔십만원이라도 다달이 보내잖니.

그냥 80만원이라도 받고 찍 소리 말구 있어. 이혼하고 나면 어떤 놈이 80만원이라도 줄 놈이 있나 말이야.

훤(晅)

요즈음처럼 동생이 커 보인 적이 없다. 훤은 나보다 여섯 살 아래지만 키가 한 뼘이나 더 크다. 물론 기정사실로 되어 있는 동생의 키가 갑자기 더 크게 보인다는 뜻은 아니다. 철없게만 여겨졌던 동생의 마음자리가 갑자기 훨씬 크고 넓어 보이기 시작했다는 것이다. 훤의 나이가 이제 막 삼십을 넘었으니 그 애도 이제 인생의 가파른 언덕을 오르는 때가 되었다. 누구나 자기의 짐을 지고 인생길을 가야하는 법이지만, 나는 가끔 훤의 어깨엔 그 애가 감당하기에는 너무 버거운 짐이 놓여있지 않나 생각하곤 한다.

여전히 훤은 아무 말이 없다. 차라리 욕을 하거나 눈물이라도 흘린다면 맞장구라도 쳐줄 수 있을텐데, 훤은 입을 꼭 다물고 있다. 때로는 그 애의 침묵이 섬뜩하게 칼날처럼 나를 찌를 때가 있다. 정말 그 애가 멍청해서 일까, 아니면 오지랖

이 넓어서일까. 그것도 아니라면 비명조차 지르기 싫을 정도로 마음 속 깊은 곳에 분노가 응어리져 있는 것일까. 어쨌든 휜이 일체 말을 아끼고 있어서 식구들이 오히려 그 애의 심기를 건드릴까봐 눈치를 봐야 하는 상황이었다.

휜이 친정에 와서 산지도 얼추 삼년이 다 되어 간다. 산후 몸조리하러 친정에 온 김에 어영부영 눌러 살게 되었는데, 핏덩어리 원우가 이제 못하는 말이 없을 정도이니 원우가 자란 키만큼 세월이 흐른 셈이다. 친정 엄마는 휜이 없는 틈틈이 전화를 해서 아이를 보는 것이 너무 힘들어서 죽고 싶다고도 하고, 머리털 나고 이런 고생은 처음이다, 내가 왜 이런 고생을 해야 하니, 라고 하소연을 했다. 그래도 말뿐으로 엄마는 막상 휜이 모자를 매몰차게 떼어내지 못했고, 오히려 당신이 지레 못미더워서 원우를 하루에도 몇 번씩 챙겼다.

내일 모레면 환갑이 되는 엄마는 늘 몸이 약했다. 맹장수술 받은 것이 잘못되어 복막염이 되었고 세 번에 걸친 수술 끝에 몸이 제대로 회복되지 못한 채 아이들을 낳아 기르면서 몸이 완전히 망가졌다고 했다. 내 기억 속에 남아있는 엄마는 늘 방에 누워 있거나 아니면 집안일을 조금 하고 난 뒤에 짜증을 내거나, 둘 중의 하나였다. 정식 사범학교 출신으로 삼십대에 교감이 된 아버지를 따라 우리는 이리저리 이동하며 살았다. 주로 학교 옆에 붙어있던 관사에서 살았는데, 마당에 이끼가 퍼렇게 앉은 기와집일 때도 있었고 화장실이 복도 끝에 달려 있는 일본식 목조 주택인 경우도 있었다. 학교 선생님이었던 아버지는 늘 점심시간마다 집에 와서 앰플에 들어있는 주사약을 엄마에게 놓아주곤 했다. 아버지는 자신이 돌팔이 의사나 다름없다며 학교와 관계있던 교의에게서 주사 놓는 법을 배웠다고 했다. 어릴 때 우리 집 다락 속에 있던 조그만 서랍장에는 크고 작은 주사기 세트가 자리잡고 있었다. 그 옆에는 물감상자처럼 길쭉한 상자에 가지런히 꽂혀진 주사 앰플들과 투명한 작은 플라스틱 상자들이 있었다.

휜은 유달리 추위에 약해서 나와 같은 방을 썼어도 휜의 손발은 늘 차가웠다. 휜은 나보다 훨씬 예뻤고 공부도 잘했다. 맏이인 내가 좀 무심한 성격인데 비해 휜은 집안일도 자상하게 잘 챙겼다. 아버지에게 과자를 사다 드리는 것은 늘 휜의 몫이었다. 휜은 용돈이 떨어질 때가 되면 돈을 몽땅 털어서 아버지에게 사탕을 사다 드리고는 그 이튿날 몇 배로 받아가곤 했다. 휜이 대학생이 되었을 때도 그 애는 자기가 좋아하는 것이 있으면 사달라고 조르는 대신에 진열장에 붙어 서서 그 물건을 계속 바라보기만 했다. 그래서 할 수 없이 사주었다고 아버지는 변명 비슷하게 말하곤 했다. 다시는 휜이와 백화점에 가선 안되겠다고.

훤이 결혼을 하겠다고 했을 때 예상외로 아버지가 완강하게 반대했다. 훤이 하는 일에는 무조건 고개를 끄덕여 주던 아버지였다. 그 이유라는 것이 너무도 단순하고 어처구니없어서 웃음이 나올 지경이었다.

“나는 최가가 싫어. 최가는 독하다고 하지 않니? 최가가 앉은 자리엔 풀도 안 난다고 하는데, 난 독한 사람은 무조건 싫다.”

아버지는 평생을 초등학교에서 보낸 사람답게 반대하는 이유도 단순했다. 다른 모든 결격 사유는 뒤로 하고 단지 성이 최가라서 싫다는 것이었다. 젊었을 때는 혈기도 부리고 술도 잘 드시고 했다는데 아버지는 나이가 들어 갈수록 온순해져서 어린아이들하고 별 차이가 없어지는 것 같았다.

훤은 대학을 졸업하자 하늘의 별을 따기보다 힘들다는 고등학교 교사자리가 났는데도 불구하고, 아버지처럼 애들하고 평생 지내는 것보다 좀 더 넓은 곳에서 일하고 싶다면서 외국인 회사에 들어갔다. 여자에게는 그래도 교사가 가장 좋은 직업이라는 주위의 충고에도 아랑곳 하지 않고 훤은 제 고집대로 회사를 택했다. 너무나 안정된 직장은 안정된 만큼 지루해서 싫다는, 어쩌면 이해가 갈 것도 같은 이유였다.

엄마 역시 훤의 결혼을 못마땅해 했다. 훤이 만큼은 남보란 듯이 화려하게 구색을 갖추어서 결혼을 시키고 싶었던 것이다. 나에 대해서는 원래 책이나 들여다보고 몸치장을 하지 않으니 너에게 맞는 수수한 남자를 잘 구했다 하는 정도로 위안을 삼는 것 같았다. 그래서 엄마는 나보다는 휜에게 옷을 훨씬 더 많이 사주었다. 늘씬하고 예쁜 휜에게 투자하는 것이 훨씬 더 경제적이라는 계산에서였을 것이다.

처음에는 못마땅한 정도에서 누그러질 듯하더니 시간이 지날수록 아버지는 풀어지는 듯싶은데 엄마가 더 강경하게 반대의 칼을 세웠다. 엄마가 나를 부른 것은 또 다른 뜻이 있었다.

"실은 저 윗동네 어떤 할머니가 우리 휜일 며느리 삼자고 자꾸 연락을 해온다. 버스 정류장 위쪽에 유명한 영화배우 도금봉인가 황정순인가 하는 사람 집이 있다는데, 하여튼 자기 집이 그 집 옆이래. 아들이 하난데 키가 좀 작은 편이라나. 그 할머니가 이 동네 터줏대감인데, 우리 집 앞에 있는 미장원의 단골이란다. 휜이가 지나가는 걸 보고 미장원집 여자에게 물어서 우리 집을 알았대. 아들이 서른하나인가, 그러니까 휜하고 다섯 살 차이나지. 좀 차이가 나긴 하는데 나이 차이가 나면 사실 귀염 받고 산다. 미장원 여자 말이 그 집으로만 가면 땡잡는 거란다. 소문난 알부자래. 딸도 없이 아들만 하나고."

엄마는 집에 휜이 없는데도 목소리를 한껏 낮추어 조심스럽게 말을 꺼냈다.

"그건 그렇고, 그런 부잣집에는 혼처가 많이 나올 텐데, 왜 이제까지 장가를 못 갔대요?"

"글쎄, 그래서 그 할머니한테 물어봤더니, 아들이 회사에 다니는데 여자에 별로 관심이 없단다. 아들이 서울대는 아니라도 서울 시내에서 다섯 손가락 안에 드는 대학을 나왔다고 하더라. 어쨌든 우리는 부잣집과는 안 어울린다고 했더니 동네에서 알아봤다고 하면서 교장선생님 딸이면 됐지 뭘 더 바라느냐고 하는 거 있지. 훤을 여러 번 봤는데 꼭 며느리를 삼고 싶다는 거야. 그렇지만 훤이 다른 사람 사귄다고 하는데, 내 양심상 어떻게 선을 보자고 할 수 있겠어? 그래서 솔직히 그 애는 사귀는 남자친구가 있다고 했더니 요새 그만한 처녀가 남자 친구 하나 없겠냐구 하면서 이 할머니가 날을 잡아서 둘이 한번 만나게 하자고 연락이 왔더라구."

"훤이 뭐래요?"

"들은 척도 안하더라. 하긴 지금 눈에 뭐가 보이겠냐? 그 애가 참 똑똑한 줄 알았는데 요새 보니 안 그렇더라. 지금 사귀는 애가 아무 것도 없는 놈이더라구. 너희들이 철이 덜 들어서 그렇지, 살다가 힘들어봐라. 사랑이 밥 먹여주나. 부귀영화, 왜 부가 제일 앞에 오는 줄 아니? 돈이 있어야 사람이 귀하고 영화롭게 된다는 뜻이야. 돈이 있어야 명예도 지킬 수 있고. 머릿속에 보물이 들어있다고 해도 겉이 꾀죄죄하면 그걸 누가 알아줘? 다 돈이 받쳐줘야 빛이 나는 거란다. 그건 그렇고, 너, 나와 함께 그 집을 찾아보자. 신랑감이 키가 좀 작다는 게 마음에 걸려. 사람이라는 게 우선 보기에도 좀 괜찮아야 하지 않니? 결혼식장에 세워 놓으면 그래도 볼만해야지. 키가 너무 작다면 아무리 부자라도 나도 싫다. 복잡하게 만나볼 것도 없이 그만 두어야지. 그 할머니 아들이 일요일 날 열시쯤 교회를 가느라고 집을 나간다는데, 나 혼자는 떨려서 못 가겠으니 같이 가서 먼데서 지키고 있다가 한번 슬쩍 보자구."

마침 비까지 부슬부슬 내리고 있었으므로 우산으로 우리의 정체를 가리고 그 집을 훔쳐보기는 안성맞춤이었다. 엄마와 나는 윗동네 원로 배우의 집을 어렵지 않게 찾았고 휜을 며느리 삼고 싶다는 그 집의 맞은 편 골목에 서서 대문이 열리기를 기다렸다.

"야, 이거 죄짓는 것도 아닌데 왜 이렇게 떨리니? 도둑놈들은 어떻게 사나 모르겠다."

엄마는 옆에서 괜한 호들갑을 떨었다. 나는 엄마와 그 집 대문이 열리기를 기다리면서 휜에게 나중에 원망을 듣지 않을까를 걱정했다.

대문이 아니라 차고의 문이 열리면서 허연 백발의 신사와 아직은 앳되어 보이는 그러나 표정을 읽을 수 없는 젊은이가 두 대의 차를 빼내기 시작했다. 큰 대문 너머로 키가 큰 정원의 나무들이 보였다. 순간 어떻게 해서든지 휜을 저 집안으로 들여보내고 싶은 마음이 일어났다.

"애, 저 정도면 작은 키도 아니잖니? 큰 키는 아니지만 키 때문에 우세당할 일은 없겠다. 그런데 저 애가 좀 고집스러워 보이지 않니?"

엄마가 우산으로 얼굴을 더 가리고 걱정스럽게 말했다. 나는 아무 말도 안 했다. 휜을 어떻게 설득해야 할까, 그 일만 머릿속에서 맴을 돌았다. 어릴 때 경복궁의 담을 끼고 늘어서 있던 저택들에는 누가 살까 늘 궁금했었다. 지금은 다 헐어져 청와대의 일부로 편입되어 버렸지만 학교에 오가다 슬쩍 열린 문틈으로 초록 잔디며 은실 줄기처럼 떨어져 내리던 분수들이 자아내는 풍경은 좋아 보이면서도 나에게는 낯설었다. 하지만 휜은 마치 그런 곳에 들어갈 자격을 가지고 태어난 아이 같았다.

아버지는 나에게 밝게 살라고 밝을 명(明)이라는 외자 이름을 지어주었다. 그리고 휜에게는 말 그대로 훤하게 살라며 휜(晅)이라는 외자 이름을 붙여주었다. 날일자가 두 개나 있으니 휜이는 광채나게 살도록 프로그램된 아이였다.

부잣집으로 시집가라는 나의 말에 휜은 아무 대꾸도 하지 않았다. 하지만 표정이 약간 흔들리는 듯 했다.

"언니 같으면 그렇게 하겠어?"
휜의 물음은 나를 당황하게 했다.

"사람만 웬만하다면……, 사는 게 별거니? 다 비슷해. 세상에 자기들만한 사랑이 없는 것 같고 자기들 연애스토리가 세기의 사랑이나 되는 것처럼 뿌듯해 하던 사람들도 다 나이 먹고 살다보면 남들도 그랬구나 싶어져. 자기 짝꿍이 세상에 둘도 없이 보이는 시기가 있지. 그래서 친구들 말도 귀에 안 들어오고. 하지만 결혼은 현실이라는 걸 무시할 수는 없잖니? 현실이 어느 정도 받쳐 줘야 하는 거고, 돈 많은 사람들은 왠지 인간성이 나빠야 할 것 같은 선입관, 그것도 어떻게 보면 없는 사람의 자기 위로 내지는 편견이 아니겠어? 꼭 어떻게 하라는 게 아니라 그냥 한번 만나보라는 거야. 이것도 기회니까……."

다행히 휜은 엄마를 닮아가는 나의 말투에 대해 이러쿵저러쿵 하지 않았다. 생각에 잠긴 듯 아무 말이 없었다.

그러나 휜은 끝내 선을 보지 않은 채 사귀는 사람과 결혼을 하겠다고 우겼다. 엄마가 단식투쟁을 하다가 협박을 하다가 '할 수 없다. 하루를 살아도 제가 좋은 사람하고 살아야지' 라고 항복을 선언한 뒤에 결혼 절차가 신속하게 진행되었다. 엄마는 혼수를 준비하러 다니면서 내 눈치가 보였는지 휜은 자기가 벌어놓은 돈도 있고 집안 형편이 그 때 보다는 더 나아졌다는 궁색한 변명을 하곤 했다. 신경 쓰지 말라는 데도 여전히 신경이 쓰였던지 나는 그 덕분에 양모 이불을 한 채 얻게 되었다. 남자 쪽에서 작은 시영 아파트를 전세 낸다고 해서 그만한 경제력도 다행이다 여겼고, 생각보다 패물도 정성껏 해주어서 그렇게 없는 집은 아니었나 보다 안도의 숨을 쉬었다. 독한 사람은 싫다던 아버지 또한 최서방은 독하게 생기지 않았다는 말에 반대할 근거가 없어져 버렸다.

결혼식장에서 신랑 신부는 영화배우 같다는 찬사를 들었고 시대의 변화에 힘입어 유행처럼 유럽으로 신혼여행도 다녀왔다. 평온한 세월이 흘렀다. 훤이 임신을 해서 배가 남산만 해 가지고 친정으로 올 무렵 최서방은 외국 근무를 해야 한다면서 쿠웨이트로 향했다. 산달이 한 달 남은 산모를 두고 떠나면서 최서방은 은근히 친정에서 훤을 데리고 있어 주었으면 했다. 그래야 안심이 된다고. 건설회사에서 살아남으려면 한번쯤 현장경험이 있어야 한다는 훤의 말에 엄마는 꼼짝없이 훤과 원우 모자를 친정에 들어앉히고 아이 수발까지 들어야 하는 신세가 되어버렸다. 아버지는 자식들을 모두 출가시키고 엄마와 둘이만 살다가 훤이가 들어오니까 반가운 눈치였다. 하지만 몸이 약한 엄마에게 훤이 모자를 데리고 살자고 이야기도 못 꺼내고 눈치만 살피고 있었다.

그렇게 엉거주춤 시작한 훤의 친정살이가 몇 달인가 지났을 때, 훤은 아파트 전세를 빼서 친정 옆의 빌라를 얻어 이사했다. 먹고, 자고, 아이의 양육은 친정에 빌붙더라도 언제든지 자기 집에 갈 수 있다는 암시처럼 보였다. 마침 IMF의 바람을 타고 이자율이 고공행진을 하고 있었기 때문에 뭐 하러 빈집에 큰돈을 묶고 두고 있느냐고, 그 집의 전세를 빼서 은행에 넣어두자는 실리적인 의견도 나왔다. 하지만 훤의 짐을 친정에 두기도 복잡하고 훤이 모자 때문에 갈등하고 있던 엄마는 너희 살림은 네가 가지고 있으라는 의견을 고수했다. 어쨌든 훤은 몸이 약한 엄마가 아이를 돌보는 대신 파출부 부르는 비용을 대면서 회사에 다니고 있었다. 엄마에게서 원조의 전화가 온 것은 그로부터 몇 달이 지나서였다.

"명아, 최서방이 아무래도 수상하다. 이제 보니 최서방 월급이 80만원이란다. 너 그게 믿어지니? 대한민국에서 알아주는 대기업 회사의 대리 월급이 80만원이라는 게?"

"적금을 들었거나, 뭐 다른 저축이나 보험 다 떼고 실수령액을 말하는 거겠죠. 회사 초년생들은 월급 별로라던데. 거기다 수당 붙고 보너스나 성과금이 합쳐져야 많은 거 아니에요?"

"야, 그게 아니란 말이야. 훤이 그것이 말을 안 해서 그렇지, 결혼하고 지금까지 계속 80만원이었대. 이것도 어쩌다 툭하고 흘러나온 말인데 내가 말꼬리를 잡고 늘어졌더니 어물어물 하더라. 길게도 말 안 해. 그것이 최서방 말만 나오면 입을 다물어버리거든. 다른 집 딸들은 엄마한테 별 얘기까지 다 말한다는데……. 오히려 성질내면서 지 서방 편을 들고 나오는 거 보면 훤이 그것이 눈에 콩깍지가 붙었다니까."

'우리 집 딸년들은 왜 다 그 모양이냐' 라는 후렴구가 나오면서 신세타령이 이어질 차례가 되었는데 이번에는 웬일인지 엄마가 나를 훤이 편에 몰아붙이지 않고 잠잠했다.

"명아, 그래서 말인데, 네가 회사에 전화를 좀 걸어서 최서방 월급이 얼마인가 알아봐 줄래?"

"나보고 최서방 회사에 전화를 하란 말이에요?"

나는 의외의 부탁을 받고 난감해졌다.

"못할게 뭐야, 경리부 여직원한테 거기 대리 월급이 어느 정도 되느냐고 물어보면 되잖아."

"엄마, 훤이한테 직접 물어봐. 훤이 알겠지, 자기 남편 월급이 얼만지도 모르는 사람이 요새 어디 있어요? 통장으로 월급이 들어오는 세상인데."

"훤이 통장으로 글쎄 80만원만 들어온다니까. 이것저것 다 떼면 80만원이 맞다고 되레 지 남편 역성을 들더라. 난 훤이 저렇게 멍청한 인간인 줄 정말 몰랐다. 모두 다 짜고 저를 속이고 있는데 저만 몰라요. 어쩌면 저렇게 철석같이 제 서방 말만 믿을까. 그게 아닐 거라고 알아보라고 해도 끄떡도 안

해. 그러니까 너도 남의 일처럼 가만히 있지만 말고 좀 알아봐."

남의 일처럼 가만히 있지 않으면 어쩌란 말인가. 부부 사이에 합의가 된 일이겠거니 슬그머니 발뺌을 하고 있는데 엄마의 전화가 날마다 빗발쳤다. 그러다가는 동생 일에는 전혀 관심도 없는 나쁜 언니가 될 것 같아서 알아보겠다고 얼버무리기는 했다. 하지만 차마 용기가 나지 않아서 제부 회사에 전화를 거는 대신 국내 대기업에 다니는 선배에게 최서방이 다니는 회사의 대리 정도면 월급을 얼마쯤 받는지 조심스럽게 떠보았다. 선배는 그런 질문을 하는 내 의도가 궁금한 지 뭐 하러 그런 걸 묻느냐고 꼬치꼬치 따지더니 하하 웃었다.

"네 동생 바보니? 요새 대기업 대리가 월급 80 만원 짜리가 있대? 그런 걸 곧이듣는 여자도 있고? 너희 집안은 완전히 요순시대에 사는 사람들로 꽉 차있구나. 한 가지만 묻자. 네 동생 대학 나왔니?"

"대학을 나온 정도가 아니고 일류대학을 우수한 성적으로 졸업했지."

"그럼, 지금 집에서 살림하니?"

"아니, 유수한 외국인 회사에 다니고 있는데……."

소위 일류대학을 나왔고 외국인 회사에 다닌다는 말에 선배는 더욱 의아해 했다.

"단언하건대, 월급이 80만원이라는 것은 말도 안 되고, 아마 무슨 말 못할 사정이 있을 거다."

남의 월급 알아보겠다고 여기 저기 전화하는 일도 우스운데다 애초부터 내키지도 않았으므로 나는 그 정도 선에서 마무리하고 싶었다. 훤이 함구하는데 엄마도 별 수 없었던지 80만원 사건이 잠잠해질 무렵 다시 엄마한테서 다급한 전화가 왔다.

"명아, 우리는 큰 일 났다. 훤이 통장에서 웬 돈이 빠져나갔단다. 그러더니 다시 들어왔더래. 그러는 법도 다 있니? 훤이 아무리 생각해도 모르겠어서 조회를 해 봤더니 최서방이 훤이 몰래 천오백만원이나 대출받았다는 거야. 그 이자가 잘못 나갔다가 다시 들어온 거래. 그럴 수도 있니? 아무래도 난 최서방이 수상하다. 혹시 여자가 생겼나? 외국에 있으니 물어볼 수도 없고."

엄마의 조바심은 며칠 동안 계속되었고 우리 모녀는 전화통에다 대고 같은 소리를 질릴 때까지 자꾸 되풀이하면서 분을 삭이고 있었다. 결국 훤이 직접 알아보는 것 외에 우리가 할 수 있는 일은 없었지만 하필이면 아이가 태어나기 한 달 전에 최서방이 부랴부랴 외국에 갔는지, 그리고 진작 받은 대출건이 아이가 태어난 후 몇 달 만에 불거졌는가에 대해 나는 나대로 여러 생각을 하고 있었다. 선녀와 나무꾼의 이야기처럼 아이로 훤을 묶어놓은 뒤에 일을 터트리기로 치밀하게 계산을 했을까. 많은 생각이 오가는 중에 드러난 대출건은 한 둘이 아니었다. 훤이 알아볼수록 한 건씩 늘어나서 이미 총액수가 사천만원이 넘어가 있었고 엄마는 매일 전화를 잡고 눈물 바람을 하기에 이르렀다.

"야, 우리 훤이가 아기까지 낳았는데 이제 와서 안 살수도 없고……, 이 일을 어쩌면 좋으냐. 이런 사기가 어디 있냐 말이야. 날이 갈수록 빚이 불어나고 있는데 어쩌면 좋아."

"훤이가 최서방에게 전화를 해서 물어봐야지. 다른 사람들이 무얼 어떻게 하겠어요?"

"물어봤대. 그런데 이놈이 처음에는 가만히 있더란다. 그러면서 자기가 다 갚을 수 있으니까 너무 걱정하지 말라고 하더래. 그 돈을 어디 썼냐고 하니까 나중에 이야기하자고 바쁘다고 끊더래. 이런 뻔뻔스런 인간이 있냐? 생긴 거는 그렇게 안 생겨가지고. 돈은 없어도 착한 줄 알았더니 이게 순전히 배 째라는 작전 아니냐구. 미안하다구 싹싹 빌어도 시원찮은 주제에 나중에 이야기하자는 게 말이 되냐?"

이제야 최서방의 월급이 80만원에 고정된 이유를 알 것도 같았다. 그리고 서둘러 쿠웨이트로 현장근무를 떠난 것도 해외 체류수당으로 월급을 더 받을 수 있기 때문이었음을 짐작할 수 있었다. 그런데 문제는 그 돈을 어디다 썼느냐는 것이었다. 떳떳이 밝힐 수 없는 돈이라면 도대체 무슨 일일까. 상상할 수 있는 모든 생각들이 오락가락했다. 아무래도 여자 문제 아니면 회사에서 잘못을 저질러 돈을 물어내야 했거나 최악의 경우 남의 빚보증을 서 주었을 것이라는 추측이 난무했다. 엄마는 그러기에 진작부터 월급이 얼마냐고 알아보라고 할 때 말을 듣지 않았다고 휜을 몰아세웠다. 그러다가 그 불똥은 꼭 나에게 까지 튀었다.

그러나 여자가 회사로 전화해서 남편 월급을 확인하면 그 남자가 창피해서 어떻게 회사에 다닐 수 있느냐는 휜의 반격에 '하긴 그렇지. 그 년 제 서방 하나는 끔찍이 위하네.' 라는 말로 월급 확인건은 일단락이 지어졌다.

문제는 그 돈을 어디에 썼을까 하는 것으로 집중되었다. 당사자인 휜에게도 가장 심각한 일이겠지만 정작 휜은 아무 말도 안 했다. 휜이 출근하고 나면 엄마가 나에게 성화를 부리는 까닭에 엄마와 매일 그 문제로 한 시간 이상 통화를 해야 하는 일은 서서히 고역이 되어갔다. 엄마도 내게서 어떤 해결책을 기대하는 것은 아니었고 다만 분노가 사그라질 때까지 넋두리를 들어줄 사람이 필요했던 것이다.

"야, 너는 그 돈을 어디다 썼을 것 같니? 최서방 그 자식이 자꾸 따져 물으니까 이제 전화도 안한다더라. 전에는 일주일이나 열흘 만에 집으로 전화가 왔는데 이제 아주 딱 끊어졌어. 훤이가 전화를 하려면 현장 사무실로 해서 바꿔달라고 해야 하고 절차가 복잡하다는데, 어쩌니? 훤이도 최서방 말은 입 밖에도 내지 않아. 혹시 잘못되어서 안 살게 되면 우리 훤이만 손해 아니냐. 애만 안 딸렸어도 어떻게 해 보겠는데. 사실 요새 이혼하는 게 무슨 대수냐. 집집마다 따지고 보면 이혼한 사람이 없는 집이 없더라. 살다 수 틀리면 그럴 수도 있지. 최서방 하는 짓을 봐서 어떻게 해야 할 텐데."

그 와중에서도 무심한 시간은 흘러서 원우는 점점 커 가는데 최서방에게서는 전화조차 뚝 끊어져 버렸다. 쿠웨이트는 바람을 피울 수 있는 나라가 아니라면서, 그러면 여자 문제는 아니겠네. 그렇다면 무슨 문제기에 최서방도 훤이도 입을 다물고 있는 것일까. 엄마와 나는 매일 전화통을 잡고 답도 없는 공허한 말들을 쏟아내곤 했다. 훤이도 어떻게 해서 그런 빚이 있는 지 알 수 없다고 했다. 이제 기대할 것은 당초에 6개월에 한 번씩 예정되어 있는 휴가 때 최서방이 귀국하면 물어보는 수밖에 없었다. 그러나 6개월이 지나도 최서방이 귀국할 기미는 보이지 않았다.

원우는 점점 자라서 백일이 지나자 육아책에 쓰여 있는 대로 뒤집고, 세월이 지나자 진도대로 기어 다니며 잘 커나가고, 훤은 여전히 회사에 잘 다니고 있었다. 겉으로는 평온해 보였지만 마땅한 배출구를 찾지 못한 불덩어리가 엄마를 비롯해서 우리 가족들의 마음속에서 이글거리고 있었다.

"최서방 그 놈이 아예 안 나타날 작정인가 봐."

최서방을 지칭하는 말이 이제 놈으로 내려와 있었다.

"아니, 제가 일을 저질렀으면 거짓말이라도 좋으니 해명을 해야 할 것 아니야?"

"그러니까 부모 말 안 듣고 꾸역꾸역 제가 하고 싶은 대로 우김질 하더니 이게 무슨 꼴이냐?"

엄마는 처음에는 훤의 심기를 건드릴까봐 자제하던 말들을 더 이상 주체 할 수 없었는지 밥상머리에 앉으면 혀를 차면서 푸념을 했다.

"원우는 왜 잠도 없냐. 무슨 어린애가 낮잠도 안자고, 낮이고 밤이고 깨어서 울어대니 내가 곧 쓰러져 죽겠다. 훤이, 너 일찍 들어와라."

"힘들면 신경 쓰지 말고 누워 계세요."

훤은 담담하게 말했다.

"어떻게 신경을 안 써? 안 쓰게 해야지. 누워있으라구? 잠시만 쉬려고 해도 기어와서 머리를 잡아 뜯는데. 무슨 애가 그렇게 손아귀 힘이 세냐? 최씨네 새끼 아니랄까봐 애도 독해요. 지긋지긋하다. 내가 왜 내 돈 가지고 살면서 이 짓을 하냐. 너한테 생활비를 받아서 쓰기를 하니? 너를 못 가르쳐 놓기라도 했니? 도대체 내가 왜 이렇게 살아야 하냐? 애를 봐주면 살림이 핀다든지 무슨 보람이라도 있어야지. 네가 나가서 버는 족족 빚 갚아야 할 거 아냐? 밑 빠진 독에 물붓기지 뭐."

아무 말 않고 나가는 훤의 뒤통수에 엄마의 말이 부딪쳐 흩어졌다. 엄마는 훤에게는 차마 하지 못하는 말들을 나에게 전화통에다 쏟아냈다. 이러다 이 애들이 이혼이라도 하면 어쩌지.

최서방은 근 일 년이 지나서 휴가차 다니러 왔다. 얼굴이 더 검어진 것 외에는 별다른 변화가 없었고 회사 사정상이라는 말로 모든 것을 일축했다. 의외로 뒷심이 무른 엄마는 최서방이 오기만 하면 달려들어 요절을 낼 것처럼 매일 별렀지만 막상 왜 빚을 졌는지조차 묻지 못했다. 하지만 그 질문을 온전히 훤에게 떠넘기고 궁금해 하기는 마찬가지였다. 최서방이 머무는 보름 남짓, 시간은 빨리 흘렀다. 훤은 휴가를 내서 원우를 데리고 시댁에 가고 쇼핑도 하고 최서방 가지고 갈 물건들을 챙기느라 바쁘게 지냈다. 그 바쁜 와중에 온 가족이 식사를 하려고 모였을 때 엄마는 부엌 한 편으로 내 소매를 잡아끌었다.

"명아, 재들이 좀 이상해졌나봐. 한번 물어봐라, 내가 잘못 들었는지. 볼펜을 이십 만원인가 주고 샀다는데, 세상에 그렇게 비싼 볼펜도 있냐?"

"나도 몰라. 그나저나 빚은 왜 졌대요?"

"글쎄, 재네들 결혼할 때 전세 얻어준 거 있지? 그게 빚이었대. 그래서 갚는 거란다. 기가 막혀서. 아들이 결혼 전부터 몇 년 동안 회사에 다니면서 돈 벌어다 줬으면 그걸루 결혼 자금을 해야지. 어디다 다 썼는지 빚내가지고 결혼 한 거래. 그리고 다 갚으라고 해서 갚는 거고. 정말 웃기지 않니? 내가 하도 기가 막혀서 자다가도 벌떡 일어난다."

"그래도 다행이네. 자기들 재산 조성한 걸로 생각해야지, 뭐. 엄마도 마음을 편하게 가지세요. 살다가 무슨 일 당한 것보다는 나으니까."

"그래도 우리 훤이 생과부 노릇하잖아. 신혼 초부터 이게 무슨 일이니? 아무래도 최서방이 빚이 많아지니까 외국에 근무하겠다고 자원한 것 같은데. 저 인간들이 말을 안 하니까 알 수가 있어야지."

엄마가 나에게 부여한 그 다음 임무는 비싼 볼펜의 정체에 대한 것이었다. 훤에게 지나가는듯한 말로 슬쩍 물어보았을 때, 훤의 대답은 간단했다.

"으응, 워터맨 볼펜을 하나 샀어. 중동 쪽에는 웬 왕족들이 그리도 많은지. 같이 어울리다가 계약이라도 해 봐. 그 쪽에서는 엄청나게 좋은 볼펜들을 꺼내는데 이쪽에서 백오십원짜리 모나미 볼펜을 들고 같이 사인 할 수는 없잖아? 그래서 하나 구입했지. 남자가 사회생활을 하려면 기본적인 것은 갖춰야 되니까.”

“잘 했다. 왕족들하고 맞춰서 놀려면 여러 가지로 필요한 것이 많겠네.”

“그래서 언니, 이번 기회에 골프용품도 구입했어. 가서 사람들 하고 같이 어울리라고. 거기서 남는 시간에 무료할 것 같아서. 어차피 골프는 배워야 할 거 아냐.”

훤은 얄미울 정도로 당당했다.

“사막에서도 골프 치니? 쿠웨이트에도 골프장이 있대?”

내 말을 전해들은 엄마는 대뜸 ‘미친년, 서방은 꽤나 위하네. 빚 갚을 일이 구만리 같구만’ 하며 간단히 정리를 했다.

최서방이 휴가를 마치고 떠나는 날, 공항에 배웅하러 갔다 온 훤은 뜨거운 물에 데쳐진 시금치처럼 풀이 죽어 있었다.

“엄마, 빚이 또 있대요.”

훤은 원우를 내려놓고 쓰러지듯 주저앉았다.

“어머니가 최서방 사무실에 와서 융자를 얻어 달라고 사정해서 또 얻어줬대. 몇 번 그러다 보니까 또 몇 천이 되나봐. 어쩌면 좋아.”

엄마의 얼굴이 백짓장처럼 질렸다가 다시 피가 통한 사람처럼 벌겋게 달아올랐다.

“너 지금 뭐라고 했니? 그 집 식구들 너만 빼돌리고 지네들 끼리 다 짜고 하는 짓이다. 최서방, 이 괘씸한 놈 같으니라구. 아마 처음부터 빚이 있었을 거다. 너 처음에 인사하러 갔을 때는 제법 큰 집에 살고 있더라며? 그런데 결혼한 후에 그게 친척 집이었다고 다른 집으로 옮겼다더니 그 집 옮기는 비용도 다 너희가 바가지 쓰는 거 아니야? 결혼할 때 없다던 빚이 갑자기 그렇게 생겼다니? 누가 뭐 하는데 썼는 지나 알아야 할 거 아니냐. 여태 가만있다가 외국으로 내빼더니, 아이를 낳아 놓으니까 빚을 하나씩 까발리는구나. 휴가 와서 잘 있다가 가면서 공항에서 그 얘기를 해? 그 놈이 지능적으로 나쁜 놈이네. 도대체 너희 시어머니는 뭐 하는데 빚을 졌다든? 과부라서 영감을 사귀느라구 그랬다니? 다 늙은이가 뭐하는데 그렇게 돈을 써? 간도 크지. 돈 버는 며느리 데려다가 껍데기를 벗기려 들자는 수작이지."

훤은 입술을 깨물었다.

"너 예전에 너희 시아버지가 화병으로 죽었다고 했지? 그때도 빚을 많이 져서 그랬다면서? 너희 시아버지가 그 시절에 공인 회계사였으면 재산이 꽤 있을 법도 한데 어쩐지 이상하다 했지. 자기 이름으로 된 문패 한번 달고 살아본 적이 없다고 했잖아. 아, 내가 어리석다. 그 때 왜 이런 일을 생각하지 못했을까? 빚지는 여자들 평생 그 버릇 못 고친다. 살림이 얼마나 독한 것인 줄 아니? 까닥 잘못하면 빚지기 십상이다. 그래서 사고 싶은 물건, 먹고 싶은 것, 입고 싶은 것, 눈 질끈 감고 참아야 빚을 안지는 거야. 하고 싶은 대로 하면 십중팔구 다 빚을 지게 되어 있어. 넌 이제 죽을 때 까지 느이 시어머니 빚 구덕에서 헤어나지 못할 거다. 이 일을 어쩌면 좋으냐? 그러게 부모 말 잘 들으면 자다가도 떡을 얻어먹는다고 했다, 이 쓸개 빠진 년아."

엄마의 장탄식이 이어졌고 급기야는 몸져눕고 말았다. 아버지는 아무 말도 하지 않았다. 아버지는 밝고 훤하게 살라고 명(明), 훤(晅)이라고 이름 붙여준 딸들이 왜 당신이 생각했던 궤도에서 벗어나는 지 곰곰이 생각하는 듯 했다. 그만하면 교육도 잘 시키고 반듯하게 길러서 자랑스러운 두 딸들이었다. 경제 교육을 잘못시켰나, 너무 현실을 모르는 걸까, 약게 키우지 못한 것이 잘못이었나.

"다 명이 너 때문이다. 언니라는 게 테이프를 그 따위로 끊어서 그래. 너는 문간방에 세 들어 사는 게 그렇게 좋더냐? 큰 소리 탕탕 치고 시집가더니 그렇게 좋아? 가만히 있으면 좋은 집에서 너 달라는 데 많았다. 맘대로 골라서 갈 수도 있었어. 너 때문에도 속상하고 자존심이 상해서 우울증이 오려고 해. 그래도 내가 맘을 굳게 잡고 김서방은 장래성이 있으니까 나중을 보자고 참고 있었어. 그런데 훤은 한 술 더 뜨는구나. 이름 값도 못하는 것들이. 너희 아버지가 너희들을 얼마나 애지중지 키웠는데. 아무리 늦게 들어와도 너희들이 자다가 깨면 꼭 같이 놀아주셨다. 새벽이건 밤중이건 너희들이 깨면 데리고 놀다가 너희들이 잠이 들어야 주무셨다. 너희들이 부모를 이렇게 비참하게 만들 수 있니? 명이, 너는 그래도 귀찮게 구는 사람이 없으니 다행이다. 우리 훤이는 앞으로 어떻게 하니? 수렁으로 더 빠져 들기 전에 이혼해야 할까? 그럼 원우는 어떻게 하지?"

엄마는 틈만 나면 탄식을 하더니 급기야 죽고 싶다고 했다. 그 짜증은 고스란히 훤에게 쏟아졌다.

"아직도 최서방 월급이 80만원이냐? 너희 시어머니가 빚을 내다 썼으니 아이라도 기르라고 원우를 데려다 줘라. 그 늙은이는 건강하고 예쁘기만 하더라. 어째 그렇게 멋쟁인고 했더니 아들 등골 빼먹는 마귀할멈이구나. 아이라도 기르라고 해. 나같이 몸 약한 사람이 얼마나 고생을 해서 아이를 키우는데……, 어떤 년은 빚내서 멋 내고 돈 쓰러 다니고, 어떤 년은 제돈 들여 먹여 살리면서 고생하니? 사람이 고생을 하면 그만한 보람이 있어야지. 자식의 살림이 핀다든가, 재산이 늘어나는 것을 보는 재미라도 있어야 고생을 하는 보람이 있을 거 아니야?"

아닌 게 아니라 심각했다. 빚의 합계는 일억이 넘어가고 있었다. 내 생각에도 훤이 저대로 끝도 없는 빚을 갚으며 살아야 할지 헤어지는 것이 옳은지 판단이 서질 않았다. 하긴 이혼을 하더라도 위자료 받을 것이 한 푼 없었고, 남에게만 창피하고 아이 양육할 일이 감감했다.

“명아, 이혼은 남의 집 사람들이 하는 건줄 알았는데, 이게 우리 일이구나. 그래서 사람은 입 찬 소리 못하는 거다. 차라리 이혼하는 것이 낫겠지.”

엄마가 이혼을 입에 담으며 훤을 압박해도 훤은 묵묵부답이었다. 아마 엄마 말 안들은 게 발등을 찍고 싶을 거다, 엄마는 악담도 했다. 그러던 어느 날 훤의 시어머니가 훤을 보자고 했다.

“왜 보자고 했대? 미안하다는 말 하려고? 이게 말로 되니?”

“아니 전세 빼 달라고.”

훤은 담담하게 말했다.

“뭐가 어째?”

“어차피 친정에 가서 사니까. 내가 얻은 빌라 전세를 빼서 빚 좀 갚아 달래. 아마 사채도 있는 모양인데 이자 때문에 죽겠다고.”

“그래서?”

“안된다고 했지. 그랬더니 나 죽는 것 보려고 그러니? 너 우리 아들하고 같이 살 마음 있니? 하시데요.”

“그 늙은이가 정말 미쳤구나. 지 아들이 엄청 잘 난줄 아나 봐. 누구는 병신 딸 시집보냈대? 기가 막혀서, 너 그래서 뭐라고 했어?”

“어머니 죽는 것은 어머니 마음대로 하시구요. 저도 원우 애비랑 같이 살아야 할지는 생각해 봐야겠다고 했어요. 그것도 어머니가 간섭할 문제가 아니라구요. 그리고 앞으로 어머니 얼굴 보기 거북하니까 연락하지 마시라고 했어요.”

“전세를 빼 달라고? 지금까지 있는 빚도 기가 막혀 죽겠는데, 전세까지 빼 오라고? 그 늙은이가 노망이 났든지 미쳤든지 둘 중에 하나가 분명하다.”

그 날 이후 훤은 시댁이나 최서방, 그리고 빚에 대해 일체 입을 열지 않았다. 최서방에게서는 간간이 오던 전화마저 끊어져 버리고 엄마의 신세타령만 심심찮게 되풀이 되었다. 매일 엇비슷한 말들을 들어주는 것에 나도 진력이 날 지경이었다. 그러던 어느 날 엄마는 나를 오라고 급하게 호출했다. 아무래도 훤이 이상하다는 거였다.

“훤이 년이 이제 시댁 말을 절대로 안 해. 최서방도 전화를 안 하고. 저것들 어떻게 되는 거 아니냐. 아무리 세 집 건너 한 집이 이혼하는 시대라고 해도 진짜 이혼을 하면 어떻게 하니? 빚이야 할 수 없이 팔자땜이다 하고 참아야지. 그런데 최서방하고 싸웠을까? 네가 좀 구슬려서 물어봐라. 그리고 진짜 이상한 것은 훤이 비싼 시계를 사왔단다. 지금 돈이 없어서 쪼들리는 판에 몇 백 만원짜리 시계래. 저게 드디어 미친 거 아니냐? 그리고 접때 최서방한테 사줬다는 볼펜도 샀어. 나는 저게 스트레스가 쌓여서 머리가 좀 잘못되었는가 싶어 겁이 난다. 네가 언니니까 잘 달래서 물어봐. 내가 그랬다고 하지 말고."

엄마에게 새로운 임무를 부여받은 나는 훤이 방에 들어가서 새로 샀다는 시계의 케이스를 찾아보았다. 베이지색 케이스 위에 까르띠에 로고가 선명하게 새겨져 있었다.

"너 시계 새로 샀구나? 결혼할 때 산 시계도 괜찮은 거 아니었어?"

"응, 그것도 있는데 다른 걸 차고 싶어서."

나는 우연을 가장하고 훤의 소지품을 뒤적거렸다.

"야, 이거 저번에 샀던 워터맨보다 더 비싸다는 몽블랑 볼펜 아니야? 이것도 최서방 주려고 샀니?"

"아니, 나 쓰려고. 어느 책에 보니까 성공한 여자들은 볼펜하고 시계를 최고의 명품으로 쓴다더라. 언니, 그래서 산 거야."

하마터면 '네가 성공한 여자야?' 하는 말이 튀어 나올 뻔했다. 내 말을 전해들은 엄마는 '미친년, 여러 가지 하네.'

하고 픽 웃었다.

그러고 나서 휜은 빚에 대해서는 가타부타 말이 없었다. 그 집 식구 모두 다 짜고 하는 일이다, 휜이 너만 모르고 있다, 라는 엄마의 말에 휜은 '그럼 빚 못 갚는다고 어머니를 감옥에 보내야겠수?' 하고 눈을 치떴다.

"너 결혼할 때 한 달에 용돈 25만원씩 보내기로 옵션에 걸렸다며? 네가 시어머니 용돈까지 책임지면서 결혼할 정도로 그 놈이 그렇게 좋아 보이더냐?"

"……."

"야, 빚 갚느라고 너희 돈 다 들어가는데 이 상황에서도 용돈을 꼭 보내야 되니?"

나도 조심스럽게 거들었다. 너무 부당한 처사였다.

"한 번 준다고 약속한 일인데……."

"약속은 그 쪽에서 먼저 깼잖아. 이렇게 엄청난 빚을 지워 놓고 그 노인네가 무슨 염치로 용돈을 받겠다는 건지. 너 엄마한테 용돈 한번 줘봤니? 죽 쒀서 개준다더니 네가 그 꼴이다."

엄마는 악을 썼다.

"그래도 엄마는 아버지가 있잖아. 자식들이 주는 용돈만 바라보는 시어머니가 불쌍하지. 엄마는 아버지가 돈 많이 주잖아."

휜은 나지막하게 대꾸했다.

“명아, 재네 시어머니는 참 복도 많다. 빚을 아무리 많이 져도 아들이 따지기를 하나. 이제는 며느리가 역성까지 들고 나서네. 느이 시어머니는 며느리 복이 터졌구나. 그렇게 죽이 잘 맞으면 아예 가서 같이 살아라, 나 성가시게 하지 말고. 내가 만일 빚을 그렇게 져 놨으면 너희들이 나한테 달려들었을 거다. 복 있는 년은 따로 있다니까. 쓰고 싶은 것 다 쓰면 갚는 년 따로 있고.”

엄마는 분에 겨워서 언성을 높였다.

“엄마, 나 많이 생각해 봤는데, 아무래도 최서방하고 갈라서는 게 나을 것 같아. 엄마 말대로 이 빚을 다 갚는다 해도 또 어디에서 빚이 자라고 있을지 모르겠어. 나도 너무 화가 나서 이러는 거야.”

훤은 눈을 내리 깔고 조용히 말했다.

“뭐, 이혼한다고? 그럼 우리 원우는 어떻게 하고? 아무리 이혼이 유행이래두 말이 쉽지, 그렇게 함부로 이혼할 일이 아니다.”

이번에는 엄마가 화들짝 놀라서 정색을 했다.

“엄마 말대로 비전이 없어…….”

“비전은 무슨 말라빠진 비전. 비전이 없으면, 이혼하고 애 딸린 년한테는 비전이 생긴다니? 그냥 가만히 있어라. 억울해서라도 이혼은 못한다. 그 동안 억척같이 벌어다 그 집구석에 다 넣었는데 막상 이혼한다고 위자료 한 푼이나 받을 것이 있냐? 이래저래 깡통 차기는 매한가지지."

엄마는 어이없다는 듯이 휜을 바라보았다.

"내가 그동안 분해서 해본 소리지. 이혼은 절대 안 된다. 막말로 너 길바닥에 가서 하루 종일 서 있어봐라. 지나가는 놈이 너한테 단돈 십원이라도 주나. 그래도 원우애비나 되니까 한 달에 팔십만원이라도 다달이 보내잖니. 그냥 80만원이라도 받고 찍 소리 말구 있어. 이혼하고 나면 어떤 놈이 80만원이라도 줄 놈이 있냐 말이야. 어차피 외국에 나가 있는 놈, 없거니 하고 이혼이라는 말은 입 밖에도 내지마라. 살다보면 사람마다 다 고비가 있다."

엄마는 최서방의 월급 80만원 때문에 휜을 무던히도 성가시게 했지만 마지막 순간에 휜을 붙잡아 앉힌 것도 최서방의 월급 80만원이었다.

진실의 죽음

가수는 절규하고 있었고 누구에게나 이룰 수 없는 꿈이 있는 법이다.
변명할 수 없는 경우도 있고, 그래서 인간살이의 뒷모습까지 알고 나면 인생이 쓸쓸해진다고 했던가.
어쨌든 최진실은 죽었고 그녀와 함께 다른 진실들도 묻혀버렸다.

진실의 죽음

그 날은 10월 2일 목요일이었다. 차창으로 내다보는 들판은 이슬을 머금은 듯 청랑하고 스러져가는 초록과 익어가는 노랑이 적당한 대비를 이루고 있었다. 순천행 고속버스, 그것도 8시 40분에 광주에서 떠나는 버스에는 늘 적당한 승객이 있었다. 언젠가 인천공항에 가려고 리무진 버스에 올랐을 때, 운전기사와 나 그리고 다른 승객 한 사람, 이렇게 단 세 사람이 큰 버스를 몰고 먼 길을 가야했을 때처럼 누구에겐가 공연히 미안해하지 않아도 되었다. 그렇다고 사람이 많지도 않아서 누군가와 자리를 함께 나누어야 할 필요도 없었다. 20명이 채 안 되는 승객들이 각자 한 칸씩 차지하고 있었기 때문에 옆자리에 있는 사람에게 신경 써야 할 번거로움도 없었다.

나는 수업준비가 좀 부진했기 때문에 일부러 좌석간의 간격이 넓고 한가한 운전기사 뒷자리에 자리를 잡았다. 순천까지 가는 한 시간 남짓만큼의 읽을 분량을 남겨두었다고 하는 편이 옳을 것이다. 미룰 수 있는 최대한의 순간까지 잠자리에 있다가 일어나는 게으른 습관은 마지막까지 쓸 수 있는 시간을 계산해서 수업 준비를 미루게 만들었다. 하루에 할 수 있도록 강의 시간표를 배려해준데다 전공 강의라는 말에 이끌려 광주에서 순천까지의 먼 길을 나섰던 것이다. 일주일에 하루 정도는 늘 살고 있는 반경을 벗어나 다른 공기를 마시고 싶다는 갈증이 나를 순천행 버스에 오르게 했다.

여름 내내 진득거리던 더위가 어느 날 갑자기 거짓말처럼 물러가고 선뜩한 기운이 뺨에 와 닿았을 때 '날씨가 정말 이상해' 라고 사람들은 말했다. 나는 운전기사 뒤에 자리를 잡고 옆 좌석에 큰 가방을 올려놓았다. 빈자리가 많으니 옆에 앉지 말라는 일종의 방어벽인 셈이었다. 예상대로 아무도 옆에 오지 않았는데, 차가 출발하려고 문을 닫으려는 찰라 오십대 중반으로 보이는 아주머니가 헐레벌떡 올라왔다. 동시에 버스가 움직였다. 아주머니는 뒤에 있는 빈자리를 찾으려고 하지도 않고 대뜸 '같이 앉을까요?' 라며 엉덩이를 밀어 넣었다. 나는 순순히 가방을 치워주었고 고개를 반쯤 돌린 채 책을 꺼내 빠른 속도로 훑어나갔다. 알고 있던 내용이라 해도 학생들이 어떤 질문을 해올지 모르기 때문에, 그리고 갈수록 기억력에 자신이 없어져 가고 있던 터라 강의 전에 내용을 훑어보는 일은 중요한 절차였다.

그렇게 십 여분 쯤 지났다. 차는 광주 시내를 거침없이 빠져나와 신나게 내달았고, 하늘은 눈이 시리게 푸르고, 들판의 곡식들은 마음껏 햇빛을 빨아들이고 있었다. 모든 것이 평온했다. 그 때 옆에 앉은 아주머니의 휴대폰이 울렸다. 아주머니는 깜짝 놀라 듯 두 손으로 싸안고 조심스럽게 전화를 받았다.

"뭐? 말도 안 돼." 아주머니의 음성이 순간 높아졌다.

"나, 지금 엄마 동창이 병원에 입원했다고 해서 순천에 가는 길이거든. 알았다. 나중에 통화하자."

아주머니는 다시 조근 조근 목소리를 낮추었고 마침내 휴대폰을 닫았다.

"저기, 최진실이 죽었다네요."

아주머니는 나를 돌아보며 조심스럽게 말했다. 나는 책에서 눈을 떼고 아주머니를 찬찬히 바라보았다.

"탤런트 최진실 말인가요? 그런데 왜 죽어요? 교통사고래요?"

다른 사람도 아니고 최진실이 죽었다는데 무엇인가 반응을 보여야 할 것 같았다.

"자살이래요. 목욕탕에서 압박붕대로 목을 맸대요. 막내딸이 서울에서 사는데 엄마 심심할 까봐 전화를 자주 해요. 지금도 빨리 뉴스 보라고 전화한 거예요."

우선 믿기지 않았다. 가만있자, 오늘이 만우절도 아니고…. 최진실이 죽어? 드라마에서 아니면 진짜로? 온라인에서 아니면 오프라인에서? 여러 가지 생각들이 오락가락했다. 아주머니가 뭘 잘못 들은 게 아닌가, 선뜻 용납이 되지 않았다. 장국영만 해도 남의 나라 사람이니까. 그런가 보다, 안됐구나, 그 정도였다.

"돈 때문이었을까요?"

아주머니는 말을 트더니 아주 편안하게 말을 붙이기 시작했다. 후덕해보일 정도로 적당히 살이 붙기는 했어도 밉지 않은 인상이었다.

"톱 탤런트가 돈이 없어서 죽겠어요? 나가면 돈이고, 움직이면 돈인데……, 돈 떨어지면 광고에 출연하면 되는 거 아닌가요?"

나는 최진실이 죽었다는 것이 믿기지 않아서 어정쩡하게 말을 받았다.

"저번에 죽은 탤런트 있잖아요? 안재환인가? 그 사람한테 돈을 꿔줬다는 말이 있었대요. 루머라고는 하지만, 죽은 걸 보니 그 소문이 진짜였나?"

아주머니는 고개를 갸웃했다.

"돈 떼였다고 설마 죽겠어요? 어린 자식들도 있는데?"

나는 강하게 항변했다. 적어도 최진실이라면 돈 때문에 죽어서는 안된다. 돈 때문에 죽는 일이라면 자식 등록금을 못 대준 아버지나 병원비가 없는 가난한 사람에게 해당하는 이야기가 아닌가.

"돈 떼이면 정말 죽고 싶어요. 그건 해본 사람이 알아요."

아주머니가 정색을 하며 말했고, 그 때 가방에서 내 휴대폰이 부르르 몸을 떨었다.

"엄마, 최진실이 죽었대요."

서울에서 공부하는 아들이었다. 사내놈이 그런 일에 전화를 하다니, 순간적으로 눈살이 찌푸려졌지만 정말 죽었구나 하는 놀라움이 자리를 갈아들었다.

"나도 지금 막 그 소식을 들었다."

"엄마, 유명하고 돈 많은 사람도 죽네요. 참 어이없어. 최진실이 엄마 고등학교 동창이지?"

"동창이 아니라 한참 후배지. 어쨌든 놀랍다. 기가 막히고."

"나는 유명하고 돈 많은 사람은 안 죽을 줄 알았어. 남들이 다 알아주는데 뭐가 답답해서."

"그건 우리 생각이고, 나름대로 인생이 괴로웠겠지."

아주머니는 내가 전화를 끊을 때까지 기다렸다는 듯이 말을 이었다.

"돈을 떼이고 나면, 정말 아무 생각도 안나요. 괘씸하고 분하고, 이용당했구나 하는 생각에 죽고 싶어지죠. 나도 몇 번 죽을 고비를 넘기다가 아이들 생각하고 살아왔어요."

"그러게 돈은 꿔주는 게 아니래요. 돈 잃고 사람 잃는다고…, 저는 어려서부터 귀에 못이 박이게 들었어요. 사실 친정어머니가 돈을 여러 번 떼이는 걸 봤거든요. 그래서 우리 형제들은 돈 꿔주는 거, 제일 싫어해요."

나는 친정엄마가 돈 떼이고 속상해서 누울 때마다 온 식구들까지 암울했던 기억을 떠올리며 단호하게 말했다.

"그래도 이자가 워낙 낮으니 은행에 둘 수가 있어야지. 노동해서 먹고 살자니 몸이 안 따라주고…, 위험한 줄 알면서도 그 길밖에 없어서……."

이 아주머니가 어쩌면 홀로 되신 분인가 보다 싶어서 나는 고개를 끄덕이며 슬그머니 말꼬리를 풀었다.

"내가 몇 살이나 되어 보여요?"

다시 책으로 시선을 향하고 있는데 아주머니가 물었다.

"많이 잡아야 한 오십대 중반 정도? 주름도 없으시고 피부도 탱탱하신데요."

나는 놀라움을 가득 담고 크게 뜬 아주머니의 눈을 똑바로 바라보며 덧붙였다.

"내가 칠십이 다 되었어요. 예전에는 곱다는 말도 꽤 들었지. 그런데 고생하고 살다보니 어느새 늙어 버렸어요. 가을이니까 혼자 된지 꼭 16년이네요."

아주머니의 얼굴이 환하게 펴졌다. 사별한지 16년이 되었다는 말인가, 부부애가 애틋했었는지 아주머니는 남편이 떠난 햇수까지 정확하게 기억하고 있었다. 나이 먹으니 남편이 언제 죽었는지도 오락가락한다는 동네 할머니들의 수다가 들리는 듯 했다.

"그런데 몇 살이기에 그 책에 있는 글씨가 보여요?"

아주머니는 내가 손에 들고 있는 책을 눈짓으로 가리키며 물었다.

"제가 눈이 좋은 편이거든요."

아무래도 책을 보기는 틀린 것 같아서 책을 덮어서 가방에 넣어 버렸다. 최진실이 죽었다는데 책을 안 보는 게 무슨 대수랴, 혼자 생각해도 말이 되는 것 같기도 하고 아닌 것 같기도 했다.

"아무래도 돈을 꿔주었다는 말이 사실인가 봐요. 괜히 왜 죽겠어요?"

아주머니는 나를 바라보며 본격적으로 속삭이기 시작했다.

"그래도 최진실이 돈 때문에 죽을 것 같진 않아요. 아마 다른 재산도 많이 있을 텐데요. 저축상까지 받은 또순이잖아요."

나도 박자를 맞추어 주었다. 그러면서 최진실이 〈마요네

즈〉라는 영화에서 김혜자와 모녀로 등장해서 티격태격하던 장면을 떠올렸다. 책을 읽지 않는 학생들에게 이따금 원작에 충실한 영화를 보여주곤 했는데, 이 영화도 그러한 것들 중 하나였다. 남학생들은 재미없다고 노골적으로 책상에 엎드렸고 여학생들도 연방 하품을 물어대던 영화였다. 문화센터에서 오십대 아주머니들을 대상으로 보여주었을 때만 김혜자의 넋두리에 고개를 끄덕이며 반응이 좋았던 영화였다. 엄마를 모성애로만 묶어 놓지 말고 엄마도 여성이라는 사실을 받아들이라고 누누이 설명을 했건만, 젊은 아이들은 요지부동이었다. 그들은 어쨌든 엄마는 엄마다워야 한다고 주장했다.

매정하고 약간은 이기적인 또순이 이미지로 등장한 최진실은 딸에게 기대려는 병든 엄마를 단호하게 거부했다. 그렇게 당찬 최진실이 오프라인에서 죽다니. 죽는 연기를 해서 많은 사람들의 눈물을 쏙 빼던 당사자가 연기가 아니라 실제 상황에서 목을 매다니.

"집도 있고, 차도 있고, 엄마도 있고, 예쁜 아이들도 있는데 왜 죽어요? 남편 하나만 없다 뿐이지, 그것도 마음만 먹으면 왜 남자가 없겠어요?"

최진실이 죽었다는데 공연히 어긋나는 심사가 일어나서 나는 불퉁거렸다.

"남편한테 배신당한 거, 그것만 해도 충분히 죽고 싶죠. 정말이지, 꼭 죽고 싶다니까요."

아주머니는 고개를 주억거리며 충분히 공감하겠다는 표정을 지었다.

"그래도 이번 일은 남의 일 같지가 않아요. 꼭 잘 아는 친척이나 친구가 죽은 것처럼 섭섭하네요."

말을 하고 보니 정말 그랬다. 잘 알고 있던 친구가 죽은 것처럼 섭섭하고 배신감마저 느껴지려고 하는 판이었다.

"맞아요. 오랫동안 많이 봐서 그럴 거예요."

아주머니가 심드렁하게 대꾸했다. 하긴 우리는 최진실과 오랫동안 함께 살았다. 거실에서 안방에서 함께 웃고 울면서…, 어쩌면 친구나 친척보다 더 많이 만났는지도 모르겠다. 언젠가 친구가 명동에 있는 백화점엘 갔는데 아는 남자가 걸어오고 있더란다. 자신도 모르게 머리를 숙여 인사를 하니까 상대방도 예의를 갖추어 인사를 하더라고 했다. 가벼운 미소를 물고 지나치면서 누구일까, 기억을 더듬었더니 탤런트였다고 큰 소리로 웃은 적이 있었다. '나는 아는 사람인 줄 알았어.' 친구는 그렇게 말했었다. 맞아, 아는 사람이었다. 그가 우리를 몰라서 그렇지, 우리는 그를 알고 있으니까.

"아무리 속이 상하더라도 자식을 생각해서 살아야지. 나는 자식 때문에 이를 악물고 살았어요. 정말 얼마나 죽고 싶었는지 몰라요."

남편이 죽기에는 여자 나이 오십이란 참 어중간하고 애매하다는 생각이 들었다. 오십 줄에 들어서면 여기 저기 아픈 곳이 생겨나기 시작하는데, 새로운 남자를 만날 기력도 용기도 없고, 그렇다고 혼자 살기에는 남은 생이 지루하고 길다. 게다가 자식이 어려서 귀엽거나 애틋하지도 않고, 그렇다고 결혼을 시켜 내보낼 만큼 홀가분한 나이도 아니다. 덩치만 크게 자란 아이들은 어정쩡하게 자유의 깃발을 올리고도 경제적 독립은 거부하면서 돈 달라고 손을 내민다.

"바깥분이 편찮으셨어요? 얼굴이 고우신 것 보니 고생하신 분 같지 않아요."

나는 시무룩해진 아주머니 얼굴을 보고 조심스레 말을 건넸다.

"내가 오빠들 밑에서 딸 하나로 컸기 때문에 친정에서도 일이라고는 해 본 적이 없는데, 사람이 끝까지 살아봐야 알겠더라구. 호랑이는 피해도 팔자는 피할 수 없다더니, 내가 말년에 이 고생을 하고 살 줄 누가 알았겠어요?"

"아니에요. 지금도 고우세요. 고생하신 것 같지 않아요."

"지금이야, 편해졌지요. 위로 둘은 결혼했고 막내만 서울에서 직장 다녀요. 아이들이 엄마를 생각해줘서 다달이 용돈도 보내주고, 매일 전화도 하고. 지난번에 살던 집을 정리하고 작은 아파트로 이사했답니다. 혼자 사는데 집만 덜렁 커서 뭘 하겠어요? 어떻게 살아왔는지 뒤돌아보면 참 아찔해요. 저는 집에서 살림만 하다가 변을 당했는데, 주부가 갑자기 돈을 벌 줄 알아야지요. 그래서 있는 돈 아껴가면서 여기 저기 이자 돈 놔서 근근이 살았는데 그걸 떼 먹어봐요. 정말 죽을 생각밖에 안 나요. 그래도 내가 죽으면 이 아이들 어떡하나, 오로지 그 생각만 붙들고 살아왔어요."

빈 말이 아니라 아주머니는 빈궁한 티가 나지는 않았다. 유복하게 보인다고 한 것은 비위를 맞춰주려는 헛말이 아니라 사실이었다.

"그전엔 부러운 것 없이 아주 잘 살았어요. 남편이 이름만 대면 알 정도로 널리 알려진 사람이에요. 하긴 그 인간은 늙지도 않습디다. 엊그제도 텔레비전에 나오는 거 봤더니 아직도 반질반질 합디다. 나는 이렇게 쭈그러졌는데……."

"…?"

남편이 누구냐고 재우쳐 물으면 마지못해 대답을 할 것 같은 표정으로 아주머니는 말했다. 그러나 나는 묻지 않았다. 자기들 편에서는 꽤 유명하다고 하더라도 흥미가 없는 분야의 사람에게는 무관심한 것이 요즈음의 세태이고, 누구라고 해도 내가 안다는 보장도 없고 또 알고 싶지도 않았다.

"돌아가신 게 아니었어요?"

“죽은 게 아니고 바람이 나서 갈라섰어요. 참, 기가 막혀서. 다른 사람도 아니고 아이들 피아노 선생하고 바람이 나다니.”

“그래도, 바람은 바람이니까 바람이 잘 때 까지 기다려보시지 그랬어요. 이혼하지 마시구요.”

나는 이혼하고 나가봤자 파출부밖에 더 될 게 없어서 참았다는 친구의 말을 떠올리며 말했다. 끝까지 버티더니 결국 친구의 남편은 가정으로 돌아왔다. 하지만 거실에서 리모컨을 들고 편하게 텔레비전을 보는 남편의 옆모습을 보다가 이따금 가슴에서 울컥 치밀어 오르는 것을 삭이느라 이를 악물었다고 했다. 남편은 돌아왔고 겉보기에는 평안해진 것 같지만 속으로 터지고 갈라진 상처에 다시 피가 고이는 것처럼 쓰라리다고 눈물을 글썽였다. 간단하게 바람이 났다고 표현할 수도 있지만, 정작 친구가 느낀 것은 배신감이었다. 배신자들은 지옥에서도 가장 밑바닥에 있다는데, 단테도 〈신곡〉에서 그렇게 말했잖아. 단테는 배신당한 자의 아픔이 얼마나 고통스러운지 그 옛날에 이미 알고 있었던 거야. 친구는 배신자를 운운하며 단테까지 들먹거렸었다.

“지금 생각하면 그 인간이 처음부터 끼가 있었던 거예요. 사기꾼 기질이 있다고 해야 할까? 선을 보고 나서 친정식구들이 별로 탐탁찮아 했는데 내가 그만 눈에 콩 껍질이 씌었는지, 괜찮다고 했어요. 어쨌든 나도 자식이 셋이나 되는데 쉽게 결정을 했겠어요? 참을 만큼 참았어요. 삼년동안을 모르는 척하다가, 화를 내다가, 사정을 하다가. 정말 사람 추접해서 못 살겠더라구요."

"그래도 끝까지 이혼해주지 말걸, 그러셨나 봐요. 둘이 못 살게요."

나도 어깃장이 들어서 밉상스럽게 부아를 돋웠다.

"아예 딴 살림까지 차리고 떨어질 기미가 안 보이는 거예요. 그래서 내가 물러났어요. 아이들도 이혼하라고 조르고, 특히 큰 딸은 말도 못했어요. 지 피아노 선생이 아빠하고 살림을 차리다니, 기가 막힌 일이죠. 큰 아이는 지금도 아빠 말만 하면 길길이 뛰어요. 아예 아빠라고도 안 부르죠."

"그럼 지금도 그 여자랑 같이 살아요?"

"아니오. 그게 이상하죠. 자기도 꽤 알려진 사람이라서 내가 원하지 않아도 간간이 소식이 들어와요. 이혼만 해주면 아주 잘 살 것 같더니만 헤어진 모양이에요. 그리고 그 다음엔 아주 질이 안 좋은 여자랑 산다고 하더라구요. 지금은 또 누구랑 사는지 모르죠. 나잇살이나 먹어가지고 젊은 여자들하고, 잘 되겠어요? 다 그 돈보고 덤비는 거지."

"어쨌든 그 분도 행복하지는 않겠네요. 한 여자하고 끝까지 사는 게 좋은 거지, 이 여자 저 여자하고 사는 게 뭐가 좋겠어요? 아무리 이혼이 쉬운 세상이라고 해도 한번씩 헤어지려면 나름대로 몸살을 앓게 되죠. 그냥 불쌍하게 보세요."

"하긴, 그 인생도 불쌍하긴 합디다. 듣자니 그 많은 재산 다 없애고, 돈도 별로 없다고 해요. 이제 칠십을 바라보는 할아범이 되가지고 언제까지 그러구 살겠어요."

"다른 여자한테서 자식은 없나요?"

"글쎄, 없는 것 같아요. 우리 둘째가 결혼하면서 그 호적인가, 가족부인가 떼 봤대요. 애들은 제가 데리고 살았지만 그 인간 앞으로 올라 있으니까요. 그런데 그 인간 혼자만 달랑 있더래요. 혼인신고를 했으면 누군가 이름이 있을 텐데, 여자 이름도 없고, 아이도 없구요. 참 이상하죠. 그냥 동거를 하나?"

관심이 없다는 말과는 다르게 아주머니는 전남편에 대해 소상히 알고 있었다.

"혹시 잘못했다고 용서를 구하지는 않았나요, 그 동안?"

"자기도 잘못한 줄 알고 있겠죠. 우리 막내가 대학 다닐 때 학교로 찾아 왔더래요. 보고 싶었다면서 옷을 사줬다는데, 막내는 어려서 헤어졌기 때문에 아빠가 어떤 짓을 했는지도 잘 몰라요. 그러니까 백화점에 따라가서 옷을 사 입고 기분 좋게 들어왔겠죠. 그런데 우리 큰 딸이 달려들어서 가위로 옷을 다 베어 버렸다니까요. 그 인간 한번만 더 만나면 가만두지 않겠다고 난리가 났었죠."

"그래도 옷이 무슨 죄가 있어요. 그냥 입게 놔두시지 그랬어요."

"옷이야 죄가 없지만, 그 인간이 우리한테 한 일을 생각하면 치가 떨려서요. 어떻게 수소문해서 알아냈는지, 전화를 하면 그 때마다 우리가 전화번호를 바꿔버렸어요. 그래서 이젠 소식이 끊어졌죠."

"그래도 용서해달라고 하면 그게 어디예요? 요새는 잘못해놓고도 용서해달라고 빌지도 않는다는데, 오히려 더 뻔뻔하게 나온대요. 어떤 사람은 피해자인데 본인이 힘들어서 용서하고 잊어버리려고 해도 잘못했다고 말을 안 하니까 더 죽겠다고 하던데요. 그렇다고 제발 용서해주겠다고 사정할 수도 없잖아요. 빈말이라도 잘못한 사람이 빌면서 상대방 체면도 세워줘야죠. 그러니까 미안하다고 하면 모르는 척 용서하시고 다시 시작해 보세요."

"다시 시작하라구요? 말도 안돼요. 우리 애들이 펄쩍 뛸 거예요. 그 인간이 위자료만 약속대로 줬어도, 혹 몰라요. 그런데 반밖에 안줬어요. 나중에 알아보니까 고발하면 다 받을 수 있다고 하더라구요. 그런데 그 때는 그걸 몰랐어요. 한참 있다가 재판을 하네, 어쩌네, 꼴도 우습고. 돈만 다 줬어도 애들이 고생을 안 했을텐데. 저는 돈 벌 줄도 모르고 있는 돈

아껴 쓰는 것 밖에 몰라요. 애들이 쉬지 않고 아르바이트 하고, 비오는 날 길에서 책도 팔고. 참 기가 막히죠. 금쪽같은 내 새끼들을 그렇게 고생을 시키다니. 애비 하나 잘못되니까, 애들도 고생 많이 했어요. 그래서 있는 돈으로 이자라도 좀 받아보려고 남 빌려 줬다가 몇 번 떼인 적이 있어요."

그래도 은행에 두는 것 보다는 여기 저기 조금씩 돈놀이를 하는 것이 더 이익이라고 했다. 가끔 가다 한 번씩 떼이는 일이 있지만, 그래서 한 군데다 돈을 많이 주지는 않았다고 나름대로 노하우를 덧붙였다.

"다른 여자한테 정신이 나간 사람이 이것저것 생각이 있었겠어요? 한참 있다 정신을 차리고 보니 잘못 됐구나, 싶었겠죠. 그래도 이제 연세도 높으시니까, 살아 있을 때 용서하세요. 나중에는 하고 싶어도 못한답니다. 욕이라도 퍼부을 대상이 있다는 것만으로도 어쩌면 다행이죠. 그러다 죽어서 사별이 되면 더 허망하다고 하던데요."

남편의 바람 때문에 이혼했던 후배 생각이 나서 나는 간절하게 말했다. 이혼한 사람이지만 막상 남편이 죽었다는 소식을 들으니까 이상하게 마음을 못 잡겠다고 휘청거렸다. 원수 같던 인간, 언젠가 아이들 키우고 나서 두고 보자고 별러 왔는데, 어쩌면 그 오기로 험한 세상 버텨왔는데, 저 세상 사람이 되었다는 말을 듣자 다리에 힘이 쭉 빠지더라고. 그 인간은 죽기 전에 나에게 할 말도 없었을까, 그래도 미안하다는 마지막 인사는 하고 가는 게 예의가 아닐까, 끝까지 용서할 수 없는 인간이라는, 별별 생각이 다 들더라고 했다. 이제 서로가 나이가 들었고, 사건 사고가 많은 세상에서 언제 마지막 인사를 할 수 있을지 장담할 수 없다는 나의 말에 아주머니는 잠시 심각한 표정을 지었다.

"잘못했다고 밀고 들어오면 그냥 모르는 척 받아주세요."

"그럴까요? ……하지만 지금 나이에… 난 이제 혼자 사는 게 편해요. 혼자 있는 것이 익숙해져서 일주일에 세 번은 수영하러 가고, 복지관에 가서 취미 생활도 하고, 이 생활이 좋아요. 다시 복잡해지고 싶지 않아요."

그렇게 말하는 아주머니의 얼굴 표정은 무척이나 복잡했다. 나는 창밖으로 시선을 돌렸다. 10월 2일, 가을 하늘은 환장하리만큼 푸르고 햇빛은 눈부셨다. 누렇게 익어가는 벼들은 아직 기운이 청청한 풀, 나무들과 어울려 한 폭의 그림을 만들고 있었다. 하지만 나이 들면 누구나 죽지, 세월을 이길 장사는 없는기라, 어머니의 말씀이 귓등에서 맴돌았다.

"아무리 생각해도 쉽게 용서할 수는 없을 것 같아요. 그 인간은 그렇다고 치고, 우리 시어머니도 정말 이해가 안 가요. 아들이 몹쓸 짓을 했으면 어머니라도 제대로 처신을 해야 하는데, 처음에는 미안한 척 하더니 나중엔 아들 편을 들더라고. 당신도 여자면서 그럴 수가 있어요?"

"어머니는 여자가 아니에요. 아들의 어머니일 뿐이지. 아무리 잘못을 했어도 당신 아들인데 결국 아들 편을 들게 되어 있죠. 저의 시어머니는 정말 천사 같은 분인데도 그렇게 말씀하시던데요. '너하고 아범이 혹시 잘못되면 나는 우쨌든 아들 편을 들기라, 입으로는 뭐라 뭐라 해도 그게 모든 어머니들의 속마음인기라.' 처음엔 섭섭했는데 곰곰이 생각해보니 참 솔직한 말씀이에요. 저도 더 나이 먹으면 그렇게 될 것 같아요. 어머니는 여자가 아니거든요."

아주머니는 고개를 끄덕거렸다. 그러더니 다시 결기를 세웠다.

"그럼 나는 며느리라서 그런다고 칩시다. 보통 노인네들은 며느리는 미워도 손자들은 끔찍이 여기잖아요. 그런데 우리 애들 공부할 때 학비 한 번을 안대줬어요. 그 노인네도 재산이 많았거든요. 심지어 우리 둘째 여읠 때, 제 친구들이 일부러 그 할머니한테 갔대요. 한 동네서 서로 알고 지내던 친구들이 '할머니, 내일 둘째가 결혼한답니다. 전해줄 것 있으면 주세요. 저희들이 잘 전해줄게요.' 그랬더니 이 노인네가 없다고 하더래요. 그런 독한 노인네를 봤나. 다들 혀를 차더라구."

아주머니는 그 대목에서 침을 꼴깍 삼켰다.

"결국 그 재산 다 날리고 지금은 요양원에 있대요. 약간 치매기도 있어서, 지금은 제 이야기 하면서 한번 보고 싶다고 하더래요. 구십이 다 되었으니 그 양반도 갈 길이 바쁘겠죠."

"그래도 돌아가시고 나면 후회될 거예요. 한 번 다녀오세요. 저쪽은 어쨌든지 이쪽에서 할 도리를 다 하면 마음이 편하잖아요."

"그러다가 노인네가 나한테 붙으면 어떡하나, 솔직히 그게 겁나요. 아니면 자기 아들 지금 혼자 있으니까 합치라고 사정이라도 하면 곤란하잖아요."

"그래도 돌아가시기 전에 찾아가 보시라니까요. 시간이 많지 않아요. 풀 걸 풀고 가셔야 서로 마음이 편하실 것 아니에요?"

"글쎄, 그게 도리이긴 한데. 애들이 알면 펄펄 뛸 거예요."

"뭐 하러 애들 눈치를 보세요? 결혼해서 나가 살고 있는데. 자기들도 어머니가 혼자 사는 것 보다는 아버지하고 같이 사는 편이 더 안심이 될 텐데요. 그리고 아무리 부정해도 아버지는 아버지니까 따님도 이제 그만 할 때도 되었네요. 치를 떤다는 말은 아직도 관심이 있다는 거죠. 따님의 상처가 아주 깊고 아직 치유되지 않았다는 증거예요. 그 미움의 짐도 결국은 내려놔야 해요."

나는 남의 일에 공연히 열심을 내서 말을 받았다. 요즈음

들어 돌아가신 할머니 생각이 나면서 우리 가족들이 할머니의 진실을 부러 외면했다는 자책감이 들었기 때문이다. 할아버지는 당시 소위 말하는 첩을 두었다. 그런데 재미를 붙이셨는지 여러 명의 여인을 거느렸다. 그러다가 막내 작은 할머니와의 관계가 좋았던지 거기에서 여덟이나 되는 자녀를 두고 깨가 쏟아지게 살게 되자 할머니는 외아들인 아버지의 교육을 핑계로 일찌감치 서울로 올라와 버렸다. 과부 아닌 과부로 살면서 한번쯤 할아버지가 찾아주기를 바랬을까. 하지만 할아버지가 몇 번인가 오셨을 때 할머니는 다른 방에 들어앉아서 아예 내다보지도 않았다.

"나 죽으면 느이 아버지 옆에 묻지 말고 다른데다 묻어라, 징그럽다. 죽어서라도 훨훨 날아다니고 싶으니 화장을 해서 뿌리든가."

화장을 하라고 식구들의 귀에 못이 박이도록 말씀하시더니 할머니는 임종을 앞두고 서울 근교에 묘소를 마련했다는 아버지의 말에 고개를 끄덕였다.

"아무렴, 자식이 있으니께."

할머니를 금촌에 있는 묘소에 모시고 나서 돌아오는데 왠지 그게 아니다 싶었다. 할머니는 죽어서라도 할아버지 옆으로 가고 싶었던 것이 아니었을까, 그래서 다른 데다 묻으라고 역으로 말씀하신 게 아니었을까. 언젠가 할머니는 망연히 앉아서 나에게 말했다.

"내가 꿈을 꾸었는데 아무래도 죽을 때가 되었나 보다. 네 할아버지가 쌀가마하고 베 한필을 지고 왔더라. 그러면서 집을 지어놓았으니 걱정 말고 오라고 하더라. 그래서 내가 길을 따라 가는데 저기가 집이라고 손가락으로 가리켜. 그래서 그런가 보다 했더니 그 집 못미처에 작은 집이 또 있더라고. 그런데 미아리 할머니 있잖아, 그 여시 같은 것이 거기서 빠꼼히 내다보더라구. 저것이 죽어서도 나 먼저 가있구나 생각하니 부아가 나더라."

"할머니, 꿈은 반대라는데, 미아리 할머니는 의정부 공동묘지에 있잖아. 할아버지는 선산에 있고, 그러니까 꿈이 틀리네."

"그래도 미아리 그것이 먼저 죽었잖냐."

할머니는 먼저 죽는 것마저도 질투를 하고 있었던 것이다. 죽어서라도 할아버지 옆으로 먼저 가고 싶었던 것일까. 그런데 우리는 성묘 다니기 가깝다는 이유로, 할머니의 뜻을 받든다는 명분을 세워 서울 근교에 모셔둔 것이 아닌가. 철이 들면서 할머니를 할아버지 옆에 모셔야 했다는 생각이 절실했다. 그게 할머니의 진심이었고 누구나 어느 정도 눈치 채고 있던 바이기도 했다. 아버지 눈치를 살피느라 작은 아버지들도 자신의 생모들을 각자 모셨기 때문에 결국 할아버지 묘는 홀로 남게 되었다. 우리 모두는 결국 자신의 자존심과

편리를 앞세워서 진실을 외면하고 묻어버렸던 것이다.

"이제 남은 시간도 얼마 없는데, 아주머니 하고 싶으신 대로 하세요. 남 눈치보지 말고, 자식들에게 체면 세우려고 하지도 마시고요. 나중에 후회할 일 남기시지 말고 마음이 가는 대로 하세요. 못 다한 말 한마디가 얼마나 큰 상처가 되는 줄 아시잖아요."

나는 순천대학교 앞 정류소에서 버스를 내리며 아주머니의 손을 꼭 잡았다. 아주머니는 어떤 의미인지는 모르지만 고맙다고 손을 흔들었다.

최진실이 죽고 나서 다른 사람이 자살했을 때보다 매스컴에서 더 요란을 떨었다. 그만큼 안방에서 사랑받던 스타였기 때문이리라. 신문의 사설에서도, 인터넷의 익명성의 문제를 다루며 최진실의 이름이 오르내렸다. 장례식 상황이 케이블을 통해 몇 번씩 방영되었고, 아홉시 뉴스에서도 비중 있게 다루어졌다.

어느 신문에서는 최진실의 죽음을 악플 때문이 아니라 전 남편에 대한 미련, 혹은 감정에 솔직할 수 없었던 톱스타라는 자리가 주는 중압감 때문이라고 이야기 했다. 체중이 35킬로그램밖에 안 나갈 정도로 괴로워했다는 등, 안쓰러운 여러 정황을 앞 다투어 보도했다. 연기할 때는 그렇게 잘 울더니 왜 목 놓아 울 수도 없었나, 왜 나 힘들다고 외치지 못했는가, 그런 류의 기사들이 며칠 동안 신문 지상을 장식했다. 심리학자들은 '용서해야 산다' 느니 '우는 것이 힘이다' 등등의 처방을 내놓기도 했다.

아이들의 성까지 엄마의 성으로 바꾼 것은 전남편이 바람을 피웠던 당사자인 여자와 결혼한 후라는 분석도 나왔다. 더 이상 상황을 바꿀 수 없게 되자 취한 극단적인 조치가 아니었을까, 하는 추측도 내놓았다. 여러 가지 의견들이 설왕설래 하는 중에 이혼에 대한 후유증 혹은 전 남편에 대한 미련이나 나름대로의 회한 등이 나에게는 가장 설득력 있는 글로 여겨졌다.

그리고 또 시간이 흘렀다. 남의 이야기 사흘 이상 하는 사람은 없다더니 최진실의 죽음은 기억 저 편으로 잊혀져가고 미국의 대표 은행 중 하나인 리먼 브라더스의 붕괴로 인한 경기침체가 연일 신문지상을 장식했다. 경기가 둔화되는 정도를 넘어서 폭격을 맞은 듯 했고 여름 내내 끝 간 데 없이 오르던 유가가 고개를 숙이기 시작하니 달러가 숨 가쁘게 상승했던 것이다. 제2의 IMF라는 말에 화들짝 놀란 온 국민이 숨을 죽이고 몸을 사리느라 내수는 점점 위축되어서 없는 사람들은 더 이상 어디를 졸라맬 수도 없는 처지가 되어 버렸다. 우울한 10월 풍경은 가을 가뭄까지 들어 단풍이 곱게 지는 것이 아니라, 잎이 나무에 매달린 채 버석하고 어정쩡하니 누렇게 바래갔던 것이다.

한 해가 벌써 종착역을 향해 들어서고 있었다. 남은 두 달이라도 좀 규모 있게 보내기 위해 마음을 다잡으려면 무엇인가 조촐한 의식 같은 것이 필요했다. 나는 10월을 정리하고 새로운 마음으로 11월을 맞기 위해 미장원에 갔다.

“머릿결이 많이 상하셨네요. 에센스를 좀 하셔야겠어요.”

미용사가 머리에 캡을 씌우고 스팀을 쐬는 동안 나는 옆에 있던 잡지를 집어 들었다. 시기가 지난 〈우먼 센스〉 10월호였다. 무심하게 페이지를 넘기다가 최진실의 전남편의 인터뷰 기사에 눈이 멎었다. 새로이 가정을 꾸미고 잘 살고 있는데, 문제는 언론이 제일 무섭다는 요지의 말이었다. 지금의 부인에게 최선을 다해 잘 해주고 싶고, 좋은 가정을 이루고 싶다는 말끝에 그전 부인과 싸우는 것에 지쳤다는 언급이 있었다. 아무튼 그는 안정을 찾아가고 있었고 한 여자의 좋은 남편이 되기 위해 애쓰고 있는 중이라고 했다.

혹시 최진실이 이 잡지의 기사를 읽은 것은 아닐까, 10월호라면 9월 말쯤에는 이미 서점에 배포되었을 것이고 최진실이 이 기사를 읽었을 가능성도 충분했다. 만약 이 기사를 읽었다면 기분이 어땠을까? 돈은 좀 있는지 몰라도 다른 것에 목말라 했던 가냘픈 한 여자가 결국 지고 다니던 짐을 내려놓지 못하고 짐의 무게에 눌려 세상을 버렸던 것이다. 최진실이 진정으로 원했던 것은 무엇이었을까, 그리고 왜 그것을 솔직하게 말할 용기가 없었을까. 우리는 모두 왜 솔직하지 못하고 가면을 쓰고 살고 있는 것일까? 내 마음속의 진실이 드러나면 웃음거리가 될까봐 꼭꼭 싸매두고 흐르는 피를 닦지도 못하는 것일까. 이제 10월의 마지막 날이다. 라디오에서는 오늘 하루만 해도 백번도 넘게 방송되었다는 멘트와 함께 이용의 〈잊혀진 계절〉이 흘러나오고 있었다. 그런데 왜 나는 이 노래 제목을 〈잊혀진 계절〉이 아니라 〈10월의 마지막 밤〉이라고 제멋대로 기억하고 있는 것일까.

지금도 기억하고 있어요 .
시월의 마지막 밤을
뜻 모를 이야기만 남긴 채
우리는 헤어졌지요
그 날의 쓸쓸했던 표정이
그대의 진실인가요
한마디 변명도 못하고
잊혀져야 하는 건가요
언제나 돌아오는 계절은

나에게 꿈을 주지만
이룰 수 없는 꿈은 슬퍼요
나를 울려요

가수는 절규하고 있었고 누구에게나 이룰 수 없는 꿈이 있는 법이다. 변명할 수 없는 경우도 있고, 그래서 인간살이의 뒷모습까지 알고 나면 인생이 쓸쓸해진다고 했던가. 어쨌든 최진실은 죽었고 그녀와 함께 다른 진실들도 묻혀버렸다.

우리는 매일 얼마나 많은 진실을 외면하고 학살하고 있는지, 10월의 마지막 밤, 공기가 차갑다.

사실과 진실

진실이 밝혀지지 않은 채 억울한 옥살이를 하고 출옥해서 자살한 사람,

성수대교에서, 삼풍백화점에서, 광주에서 죽어간 사람들의 안타까운 모습이 겹쳐 지나갔다.

과연 사실과 진실의 거리는 얼마쯤 되는 것일까. 서울과 광주의 거리만큼 되는 것은 아닐까?

사실과 진실

나중에 돌이켜 보니, 그 날의 불운은 그 여성지의 잘못된 정보 탓이 아니었나 하는 생각이 들었다. 아이를 데리고 치과에 갔는데 방학 때라서 그런지 어린이 손님이 많아서 한참을 기다려야 했다. 여자들은 미장원엘 가거나 은행, 혹은 병원에 가서 사람이 밀리게 되면 으레 지난호의 여성지를 집어 들고 넘기기 시작한다.

일간신문의 하단 광고면을 여러 여성지의 엇비슷한 기사들이 차지하고 있기 때문에 꼭 읽지 않아도 각 여성지의 그 달의 화제가 무엇인가를 짐작하는 데는 별 어려움이 없는 터였다. 하지만 가까운 곳에 있으면 저절로 손이 가는 것 또한 여성잡지였다. 나도 예외가 아니라서 무심코 책을 하나 집어 들었다. 찌는 듯한 여름이었는데도 봄철에 입맛을 돋우는 나물, 야채요리와 집안 분위기 살리기는 인테리어의 요령 등,

철지난 기사가 현란한 칼라 사진과 함께 실려 있었다. 아마도 책의 반 이상이 칼라 화보인 여성지에 옷에 관한 정보는 항상 한철 이르게 나왔으므로 패션기사만은 여름 날씨에 딱 맞아 떨어지고 있었다.

집을 꾸미는 요령과 유명 인사들의 사생활을 시시콜콜 다루고 있는 가운데 그래도 유익하다 싶은 것이 자동차에 관한 정보였다. 〈알아두면 편리하다〉 라는 제호 하에 고정 관념을 바꾸어야 한다는 말을 곁들여서 오토 자동차를 사용하는 요령이 소개되었다. 왼발은 브레이크, 오른발은 엑셀로 나누어서 사용하면, 브레이크를 잘못 알고 엑셀을 밟을 일이 절대로 없다는 것, 주행시에도 항상 드라이브 기어만 사용할 것이 아니라 언덕길을 올라 갈 때 2단 기어를 사용하면 내리막에서 가속이 붙을 염려가 없다는 것 등이 상세히 소개되어 있었다. 가끔 운전을 할 때면 그렇지 않아도 내리막길에서 가속이 붙어서 당황스러웠던 경험이 있는지라 역시 사람은 언제 어디서나 배워야 한다는 신념을 재차 확인하면서 집에 돌아왔다. 그리고 늘 D4 에만 고정되어 있는 내 차의 기어에도 신경이 쓰였다. 물론 D1, D2 등의 표시는 있었지만 나는 오직 후진할 때를 제외하고는 주행시에는 오로지 D4밖에 사용한 적이 없었다. 분명히 필요가 있으니까 구분해 놓았을 터인데…….

우리 가족은 여름이건 겨울이건 방학을 하면 그 날로 서울에 가곤 했다. 교통이 복잡하고 공기도 탁한 서울이 그렇게 좋아서는 분명 아닌데, 그렇다고 해서 방학 동안 광주에 그대로 남아 있는 것 또한 답답한 일이었기 때문이다. 빛고을, 광주에 입성해서 산지도 햇수로는 삼년이 되었다. 밤이면 개구리 소리, 낮으로는 매미소리가 왁자하게 들려오는, 공기 좋고 인심 좋은 변두리 아파트에 살고 있으면서도 왠지 완전히 광주사람으로 인식이 덜 되어서일까.

어쨌든 서울 특별시민권을 박탈당했어도 우리 식구의 잠재의식 속에는 아직도 서울 사람이라는 생각이 깔려 있어서 광주에다 쉽게 뿌리를 내리지 못하는 것 같았다. 서울에서 태어나서 초등학교부터 대학원에 이르기까지 그 곳에서 공부를 하다가 서른 살이 넘어서 광주에 오게 되었으므로 우리들의 어린 시절의 추억은 오롯이 서울에 남아있었다. 어릴 때 이른바 달동네로 불리는 성신여대 언덕에 살던 시절, 아침마다 공동화장실 문 앞에서 신문지 조각을 들고서 몇 사람씩 줄을 서던 끔찍한 경험은 분명 서울에서 있었던 일이었다. 초등학교 시절 동물원이 있던 창경원에 소풍을 가면 신이 났지만 훨씬 고아한 풍취를 자아내는 비원에 가면 별로 재미가 없었다. 남산에서 처음 케이블카를 탔을 때의 그 놀라운 느낌들. 남편과 연애를 하던 시절 그렇게 자주 걸어 다니던 경복궁 돌담길. 통행금지가 실시되던 시절, 크리스마스이브와 1월 1일 첫 시간에 통행금지가 해제되던 그 때 우리는 명동과 종로를 떼 지어 다니면서 얼마나 큰 해방감을 느꼈던가. 이 모든 일들이 서울에서 일어났다. 흔히 시골 출신 친구들이 이야기 하는 시냇물에서 고기 잡고 들판에서 나물 캐던 기억은 없지만 복잡하고 어수선한 수도 서울에 우리들의 추억은 고스란히 남아있었고 그래서 그곳은 우리의 고향이 될 수 밖에 없었다.

가까이 지내는 옆집 아주머니가 "여기를 고향삼아 사소"라고 정이 뚝뚝 흐르는 목소리로 말하면 코끝이 찡하도록 고마운 마음이 들기도 했다. 광주 생활에 익숙해지면서 정이 들고 있지만 서울은 돌아가야 할 곳이라는 생각을 완전히 떨칠 수 없었다.

서울에 가도 양가 부모님 외에는 사실 크게 반기는 사람도 없고 친구들도 다들 자기 생활에 매여 있어서 서로가 시간을 맞추기가 힘들었다. 하지만 대형 서점을 둘러보는 일 하나만으로도 서울에 온 보람을 찾을 수 있었다. 그동안 발산하지 못했던 욕구들을 책을 사는 일로 분출한다고나 할까. 이번 방학에는 광릉의 수목원에 가서 백두산 호랑이도 보고, 아이의 2학기 교과서에 나오는 수생식물들을 비롯하여 나무들의 이름을 배우기도 하고, 숲속을 하루 종일 거니는 즐거움을 누리기도 했다. 그러다가 한 일주일 쯤 지나면 시댁이건, 친정이건 남의 집이라는 느낌이 들기 시작하고 그러면 다시 광주로 내려오곤 했다.

문제가 생긴 그 날도 다음 한 학기 동안 식구대로 읽을 책들을 사서 트렁크에 가득 싣고 삼청동에 있는 아이들 외가에 들러서 하직인사를 하고 나서 상계동에 있는 시댁으로 가는 길이었다. 마침 보수공사를 한다고 삼청터널을 막아 놓았기 때문에 한적하고 나무가 많은 성북동 길로 갈 수 없었다. 할 수 없이 안국동으로 해서 창경궁 앞으로 가려고 하는데 율곡로에 늘어선 차량들이 줄어들 기미를 보이지 않고 꼬리를 물고 있었다. 서울의 교통 상황은 시도 때도 없이 막히는 일이 다반사라서 남편은 북악 스카이웨이를 타고 정릉으로 내려가는 편이 낫지 않겠는가고 넌지시 물었다. 혹시 길이 막히더라도 찜통 같은 대로보다는 공기 좋고 경치 좋은 산길에서 있는 편이 더 낫다 싶어서 좋다고 했다. 그 때 문득 잡지에서 읽은 내용이 생각났다.

"꾸불꾸불한 산길을 갈 때는 2단을 쓰라구?"

"그렇게 써있더라구요. 그러면 내려갈 때 가속이 안 붙는대요."

"글쎄, 그 말은 그럴듯한데, 클러치가 없는 차를 왼발 오른발을 나누어 쓰라는 말은 좀 위험한 발상이 아닐까? 당황해서 한꺼번에 밟으면 더 위험할 것 같은데?"

"나도 잘 모르지만 책에 그렇게 써 있었어요."

"그럼 2단으로 가보지, 뭘. 한번도 2단을 써본 일은 없지만 그런 일에 고집을 부릴 필요는 없으니까. 의식의 전환이라고 할까. 젊은 아이들은 기성세대의 가장 큰 문제가 자기에게 익숙해진 틀을 바꾸지 않는 것이라고 하더군."

남편은 변속기를 2단으로 맞추었다. 차가 갑자기 묵직한 느낌이 들었다.

"차가 묵직하니까 확실히 덜 미끄러지겠군."

남편도 별다른 불만을 표하지 않았다.

그래서 우리는 속도 제한 30킬로로 되어 있는 스카이웨이를 천천히 돌아서 정릉으로 내려 왔다. 거기에도 차들이 늘어서 있어서 거북이걸음을 치다가 길음동을 지나 미아삼거리에서 신호를 기다리고 있는데 운전대 앞쪽 엔진 뚜껑에서 김이 솟아오르는 것이 보였다. 처음에는 아지랑이 같은 것이 가물거리는 것 같더니 점차 흰색의 김이 뿌옇게 솟아 나왔다. 한 번도 그런 경험을 해 본적이 없었지만, 없던 일이 생겼으니 이상이 있는 것만은 확실했다. 마침 곁에 정차해 있던 택시 기사 아저씨에게 소리쳐 물으니 아마 고장이 났을 것이라는 당연한 대답이 돌아왔다. 급한대로 바뀐 신호를 따라 길을 건너서 차를 세울 수 있는 마땅한 곳을 찾았다. 적당한 골목에 차를 대고 보닛을 열어보니 플라스틱으로 만들어진 보조 냉각수 통의 뚜껑이 열린 채 물이 끓어 넘치고 있었다. 이것이 소위 오바이트라는 것인가 보다, 마침 차에 싣고 다니던 물통을 찾아 찬물을 가득히 부었다.

예비로 가지고 다닌 것이 옳게 제구실을 했다는 흡족감도 잠시였다. 이제 되겠지, 다시 출발해서 드림랜드가 보이는 언덕을 올라서는데 차에서 다시 김이 나기 시작했다. 우리는 주욱 밀려선 차들에게 연신 손을 들어 양보를 구하고 길 가로 나왔다. 근처에 마땅한 정비소가 보이지 않았다. 언덕을 내려오자 주유소에 딸린 조그마한 정비소가 보였다. 선택의 여지없이 그곳에 차를 대고 사정을 이야기 했다. 정비공은 지금은 너무 뜨거워서 엔진이 식어야 점검을 할 수 있다고 했다. 날이 더워서 그런지 엔진을 식히는데 한 나절은 걸리는 것 같았다. 남편이 정비사와 차를 들여다보며 무엇인가 이야기를 주고받는 동안 나는 아이들과 함께 기름에 절은 주유소 한 구석에서 한참이나 서성이며 시간을 보냈다.

자판기에서 음료수를 두 번이나 빼서 아이들에게 주었을 때 비로소 우리 차는 리프트에 실려 올라갔다. 얼굴이 희고 나이에 비해서 배가 많이 나온 정비사가 팥죽 같은 땀을 훔치며 차를 요모조모로 뜯어보다가 다시 리프트에서 차를 내려놓았다. 그는 고개를 갸우뚱 하며 다시 마당에 차를 세우고 보닛을 열었다.

"이리 오셔서 시동을 걸어 보시죠."

주유소 귀퉁이에 신문을 깔고서 그 사이를 못 참고 무슨 책인가를 읽고 있는 남편을 보자 왠지 짜증스러운 마음이 왈칵 들었다.

"여보, 뭐하고 있어요?"

나는 꽥 소리를 질렀다. 이런 일은 그동안 너무나도 자주 경험해서 그런지 남편은 내 목소리에는 전혀 관심도 기울이지 않은 채 천천히 일어나서 그의 말대로 운전석에 올라 시동을 걸었다.

"파킹 상태에 놓으시고 액셀을 밟아 보세요."

정비사의 주문에 따라 남편은 그가 시키는 대로 액셀을 밟았다. 요란한 소리를 내며 물이 솟구쳐 올랐다.

"물이 이렇게 솟구치면 안 되는데……."

그는 혼잣말처럼 근심스럽게 말했다.

"순환이 안 되나 보지?"

그의 친구라는 사람이 거들었다.

"라디에이터에는 이상이 없는 것 같은데, 물이 뜨거워진단 말이야. 혹시 팬이 돌지 않나? 아무래도 거기에 이상이 있는 거 같아."

정비사의 흰 작업복엔 기름때가 얼룩져 있고 그의 굵은 목

뒤로 땀이 송송 배어나왔다.

"에어컨은 잘 작동되나요?"

그는 남편을 보고 소리를 높였다.

"글쎄요. 한 삼십분 정도는 시원한 것 같다가 좀 지나면 미지근해져요."

옆에 서서 차를 들여다보던 내가 남편 대신 말대꾸를 했다.

"이 회사의 차가 원래 에어컨이 시원하질 않아요."

정비사의 친구라는 사람이 내 말에 고개를 끄덕이며 대꾸했다. 그 후에도 정비사의 요청에 따라 남편은 엑셀을 힘껏 밟았고 그 때마다 냉각수 통은 해수 기침하는 노인네 마냥 쿨럭거리며 물을 뿜어냈다. 그러면 다시 물을 가득 채우고 몇 번이나 되풀이해서 같은 동작을 반복했다.

"아무래도 차를 두고 가셨다가 내일 찾으러 오셔야겠어요. 우리가 여덟시면 문을 닫는데 그 때까지 될 것 같지 않아요."

정비사는 한손으로 땀을 훔치며 커다랗게 쌍꺼풀진 눈을 껌뻑이며 말했다. 그저 단순한 오바이트거니 여기던 나는 생각보다 큰 고장이라는 말에 머릿속에서 계산기가 돌아갔고 한편으로 정비사의 실력에 의심을 품게 되었다. 하지만 고장이 나서 서 있는 차를 어떻게 해 볼 도리가 없었다. 트렁크에서 몇 가지 짐을 꺼낸 후에 나는 정비사를 향해 간곡하게 부탁했다.

"될 수 있으면 아침에 찾을 수 있게 해주세요. 우리가 내일 집에 가야 하는데, 번호판을 봐서 아시겠지만 이 차는 광주까지 가야해요. 장거리를 뛰어야 하니까 철저하게 봐 주세요."

걱정 마시라는 다짐을 등 뒤로 받으며 우리는 드림랜드 앞까지 걸어 내려와서 한참을 서성인 후에 간신히 빨간 표시등을 켠 빈 택시를 잡을 수 있었다.

이튿날은 토요일이고 오전 중에 서울을 빠져나가야만 고속도로가 붐비지 않을 것 같아 마음이 조급했다. 정비사가 얼마쯤 경비가 들 것 같으냐는 내 물음에 고쳐봐야 안다고 대답했기 때문에 그것도 은근히 걱정이 되었다. 아침밥을 먹고 짐을 챙기면서도 과연 제대로 집에 갈 수 있을지 막연한 걱정이 앞을 가렸다.

"차도 고장 났다면서 며칠 더 있다 가지 그러니?"

"글쎄요."

남편이 어머니 말씀에 심드렁하게 대답을 하고 있는데 전화벨이 다급하게 울렸다.

"다 고쳤대. 수리비는 이십 칠만 구천원이고."

남편은 나의 치켜 뜬 눈썹을 보며 묻기도 전에 궁금증을 풀어주면서 수화기를 내려놓았다.

"그러면 가지고 있는 돈으로 되겠네요. 급하면 카드도 있으니까."

군이 사양하는데도 어머니가 싸주신 찰밥 한 찬합과 나머지 짐들을 꾸려서 우리는 길을 떠났다. 10시가 좀 넘었을 뿐인데 태양이 지글지글 아스팔트를 덥히고 있었다.

"아무래도 중부 고속도로로 가는 것이 낫겠지. 새로 생긴 태릉 길로 해서 구리 쪽으로 넘어가는 편이 수월할 것 같아."

남편은 운전대를 잡고 심호흡을 했다.

"그런데 어디가 고장이 났대요?"

"설명을 한들 내가 아나, 뭐. 엔진이 열을 받으면 팬이 돌아서 열을 식혀줘야 하는데 팬이 안도니까 온도가 올라가는 거래. 그래서 팬 모터를 갈았다더군. 그리고 섬머스태트인가 그것도 갈고, 에어컨 가스도 넣었다고 하던데. 그래도 떠나기 전에 고장이 나길 잘 했지, 고속도로 한복판에서 그런 일을 당했어 봐, 큰 낭패볼 뻔 했잖아."

남편은 그만하길 다행이라는 듯이 기분이 좋아 보였다.

"이제까지 아무 탈 없이 다니던 차가, 공연히 내가 어제 2단을 놓고 가자고 한 게 탈이었나 봐. 지금까지 더 험한 고갯길을 다녀도 아무렇지 않았는데, 선무당이 사람 잡는다고 어설피 아는 것이 탈이야. 그렇죠?"

"그것도 어제 물어봤는데 그게 원인은 아니라고 하던데. 고장 날 때가 된 것뿐이라고 편하게 생각해. 하지만 평소하고 다르게 한 것은 그 일밖에 없으니 그게 원인일 지도 모르지.

기어를 평소와는 달리 2단으로 바꾸고 난 다음에 차가 고장이 난 것은 사실이만 그렇다고 해서 기어를 바꾼 것이 고장의 원인이라고 단정지을 수는 없지요. 진짜 원인은 다른 어느 곳에 있는 데 그것이 우연히 기어를 바꾼 다음에 결과로 나타날 수 있는 것이니까요. 그러나 우리에게는 흔히 바로 앞에서 생긴 일이 그 다음에 일어나는 현상의 원인이라고 생각하는 습관이 있어요.”

일상의 사소한 사건을 가지고도 언제나 논리정연하게 말하고, 자신의 논리를 펼 때는 마치 강의를 하는 듯 나에게도 존대말과 하소를 뒤섞어서 말하는 남편의 습관에 길들여져 있기에 나는 그저 무표정하게 듣고 있었다. 이런 나의 태도가 불만스러웠는지 남편은 말을 이어갔다.

“예를 들어 회사의 사장이 집에서 자식 문제 때문에 기분이 매우 언짢은 상태에서 회사에 출근을 했다고 합시다. 마침 회사 직원 한사람이 휴지를 바닥에 버리는 모습을 보고는 불같이 화를 냈다면 그 행동의 진정한 원인은 무엇이겠어요? 사원이 휴지를 버린 행위가 사장이 분노를 터뜨리기 직전에 일어났고 사장이 ‘요즈음 직원들은 사무실을 너무 지저분하게 사용하고 애사심이 없다’ 고 소리를 쳤어도 그의 분노의 진정한 원인은 휴지가 아니라 가정에서의 문제라고 말할 수 있지요. 그러나 사장의 집에서 무슨 일이 일어났는지를 알지 못하는 사원들은 휴지를 버린 것 때문에 사장이 화를 냈다고 생각할 수밖에 없겠지요. 세상일이란 이와 같이 어떤 일이 일어나는 모습을 뻔히 눈으로 보면서도 도대체 그 일이 무엇 때문에 일어난 것인지 알 수 없는 경우가 많아요. 그것이 인간의 한계라고 할까."

내가 그만 알았다는 표정을 짓자 너무 장황하게 이야기 한 것이 쑥스러운지 남편은 슬며시 말꼬리를 돌렸다.

"아무튼 여성지가 문제는 문제야. 소비 성향을 부추기는데다가 쓸데없는 남의 사생활이나 캐고 아니면 여자들에게 허영심만 불어 넣고 말이야. 어쨌든 신경 쓰지마. 그동안 차 덕분에 편리하게 살았으니 또 그만한 불편은 감수해야지. 원리는 몰라도 쓸 줄만 알면 현대인이라고 하잖아. 우리가 전화의 원리를 아나, 텔레비전의 원리를 알고 이해를 하나. 그냥 스위치 넣고 보고, 수화기 들고 쓰는 것밖엔 못하잖아. 차에 대해서도 좀 알고 타면 좋을 텐데, 그럴 시간도 없고 또 워낙 복잡하니까 전문가의 손을 빌 수밖에……."

이러다가는 막스 베버의 합리성인가 뭔가 하는 것이 나오고 또 현대 문명의 문제점으로 말이 이어질 것 같아서 나는 창밖을 향해 손가락질을 하면서 얼른 말을 끊었다.

"서울에는 시도 때도 없이 왜 이렇게 차가 막히지요. 우리가 광주에서 살기를 잘 했나봐"

태릉입구까지는 시원스럽게 길이 나서 쉽게 달려갔는데 육군사관학교를 지나고 삼육대학교 입구부터 차들이 꽉 밀려서 줄을 지어 있었다.

"갑자기 차선이 줄어들어서 그런가 봐. 이 언덕을 경계로 서울과 경기도로 갈라지는데 지역 자치제가 되더니 도로 여건이 무섭게 차이가 나는군."

정말이지 넓은 길로 달려온 수많은 차들이 골목을 겨우 면한 듯한 일차선 도로를 향해 좁혀들고 있었다. 그것도 우회전 신호 때 겨우 몇 대씩 빠지기 때문에 서 있는 차들 사이로 뻥튀기 장사와 김밥 장사들이 오가고 있었다. 뻥튀기 장사만 길에 나타나면 운전대를 잡은 서울 시민의 팔에 힘이 쭉 빠진다는 친구의 말이 생각나면서 나도 그것을 실감할 수 있었다. 서울 시내 어느 한 곳이 복잡하지 않은 곳이 있을까 마음을 정리하면서, 피서철이라 놀러가는 사람도 많고 차도 많다고 하나마나한 소리를 읊조리면서 에어컨에 손을 대보니 전혀 냉기가 없었다.

"가스를 넣었다면서 왜 이렇게 미지근해요?"

"이 차가 워낙 처음에만 시원하잖아. 날이 워낙 더우니까."

그렇게 한 이삼십 분은 서 있었던 것 같다. 차들은 아주 조심씩 눈에 띄지 않을 정도로 앞으로 나가고 있었다.

"아, 여보! 또 김이 나는 거 같아!"

남편이 외쳤다.

"글쎄요. 아지랑이 같은 열이 지글거리는 것 같기도 하고…." 라고 말을 받는 동안 확연하게 연기가 풍풍 올라왔다. 순간 짜증이 확 치밀었으나 이 사고가 2단 기어를 사용하자고 쓸데없는 제안을 했던 나 때문일지도 모른다는 생각을 하면서 마음을 가라앉혔다. 더 이상 진행을 해봤자 정비소도 없는 곳이라서 창밖으로 팔을 내밀어 다른 차들에게 양해를 구하고는 간신히 차를 돌려 시내 쪽을 향하여 차를 세웠다.

"이 일을 어떻게 하지? 어디를 가보나?"

"어떻게 하긴, 이 차 고친 데를 다시 가 봐야죠. 가서 다시 고쳐달라고 해요. 고쳤다는 차가 왜 이래요?"

"글쎄, 우선은 그리로 가야겠지."

차에 있던 물을 냉각수 통에 붓고 다시 드림랜드 쪽으로 향하는 동안 뒷좌석에서 자기들끼리 놀던 아이들이 드디어 짜증을 내기 시작했다.

"고물차 좀 바꾸자고 해도 맨날 괜찮다고 하더니 고장이 났잖아요. 우리 당장 차 바꿔요."

기름도 안 나는 나라에서, 운운하며 소형차를 타겠다고 말하던 남편은 들은 척도 하지 않고 앞만 바라보고 있었다.

그 정비사는 가던 길을 다시 되짚어 왔다는 우리의 말에 미안해서 어쩔 줄 모르겠다며 땀을 훔쳤다. 그리고는 전날처럼 물을 붓고 공회전을 시키는 일을 몇 번이나 반복했다. 냉각수의 물이 너무 뜨거워져 있고 물이 자꾸 줄어드는 것으로 보아 물이 다른 데로 새고 있다고도 했다. 물은 어제 갈았다는 섬머스태트의 개스캣 근처에서 비어져 나와 한 방울씩 뚝뚝 떨어지고 있었다.

"여기서 물이 새니까 차가 열을 받는가 봐요. 잘 막으면 될 거예요."

그는 또 땀을 훔치며 큰 눈망울을 굴렸다.

"에어컨도 안 되던데요."

내가 참견을 했다. 순하게 생긴 정비사는 한참을 들여다보더니 차를 몰고 잠깐 다녀오겠다고 사라졌다.

"사람은 착하게 생겼는데 실력이 없는가 봐. 아마 다른데 가서 고쳐올 모양이지."

나는 자판기에서 탄산수를 사서 아이들을 달래며 볼멘소리를 했다. 잠시 후에 정비사가 돌아와 땀을 훔치며 차를 내주었다.

"아마 괜찮을 겁니다. 섬머스태트는 막았는데요. 아무래도 이 차가 전기 부분에 이상이 있는 것 같아요. 차를 열어보니 퓨즈가 나갔더라구요. 그러니까 에어컨이 안 되지요."

"전기 쪽에 이상이라면 큰 일 아닙니까? 멀리 가야 하는데 아예 그 쪽도 손봐주시죠."

남편이 정색을 했다.

"전기 쪽은 워낙 복잡해서요. 원인을 잡아내기가 힘들어요. 살살 가시면 광주까지는 무사히 갈 수 있을 겁니다. 그리고 이것 받으세요."

그는 손바닥 가득 무엇인가를 내밀었다.

"이게 뭔데요?"

내가 받으며 끼어들었다.

"퓨즈예요. 에어컨을 약하게 계속 틀고 가시다가 만약 미지근한 바람이 나오면 차를 세우고 퓨즈를 점검하세요. 만일 퓨즈가 나갔으면 갈아 끼우시구요. 전기가 이상이라서 퓨즈가 나가는 거니까 그렇게 하면 무사히 가실 겁니다."

그는 제법 비장하게 말하면서 운전석 앞의 자그마한 뚜껑을 열고 그 속에 여러 가지 퓨즈들이 꽂혀 있는 곳을 가리켰다. 그리고 교환해야할 퓨즈의 위치를 일러주었다. 그가 내민 한 움큼의 자그마한 퓨즈에는 20W, cooling fan이라는 글자가 노란 플라스틱판에 앞뒤로 새겨져 있었다.

"아저씨, 확실히 하셔야 해요. 우리 식구들 목숨이 달린 일이라구요. 만일 잘못되면 어떻게 해요?"

왠지 모를 불안감으로 나는 거세게 항의를 했다.

"별일 없을 겁니다. 확실하게 고장 난 데를 발견하지 못했으니까 광주까지는 갈 수 있어요. 가셔서 꼭 전화하세요."

그는 사무실로 들어가더니 명함을 한 장 들고 나왔다.

"전화는 왜요?"

"저두 걱정이 되니까 그렇죠. 꼭 전화주세요."

떨떠름했지만 다른 수도 없어서 우리는 길을 떠났다. 순간 다시 집으로 들어갈까 생각했지만 이왕 작별 인사까지 하고 나온 길이라 왠지 마음이 썩 내키지 않았다. 한 움큼의 퓨즈를 들고 길을 떠난 것 자체가 돌이킬 수 없는 미련한 짓이었지만 하직인사를 하고 나온 이상 빨리 우리 집으로 돌아가야겠다는 생각이 지배적이었던 것도 사실이다. 점심시간이 지나고 있었기 때문에 차가 더 밀리기 전에 고속도로에 들어가 휴게소에서 간단히 요기를 하고 갈 작정이었다. 엄청나게 막히던 태릉 길로 다시 가고 싶지 않아서 이번에는 천호대교 쪽으로 해서 중부 고속도로로 들어설 셈이었다. 에어컨을 약하게 틀고 손을 대어 보면서 한참을 갔지만 희미한 냉기가 계속 나오는 것으로 보아 별 이상은 없는 것 같았다.

천호대교 위에도 그 어디처럼 차들이 거북이걸음을 치고 있었다. 고속도로로 빠지기 위해서는 오른쪽으로 내려와 굴다리를 건너 돌아 들어가야 했다. 좁은 굴다리를 간신히 빠져나와 긴 행렬의 끝에 간신히 꼬리를 물고 있는데 앞에서 또 김이 서리기 시작했다. 자라보고 놀란 가슴 솥뚜껑만 봐도 놀란다더니 가슴이 덜컥 내려앉았다. 무조건 큰 길에서 빠져나오니 이제 막 입주를 시작한 듯 새 아파트 단지가 서 있는 삼거리 골목에 있는 자그마한 카센터가 눈에 띄었다. 그리로 들어가기 전에 여러 가지 생각이 머리를 맴돌았다. 다시 드림랜드로 돌아가 봤자 없는 실력에 차를 고치지 못할 것 같았고, 그렇다고 어디 있는 지도 모르는 서비스 센터에 이 지경이 된 차를 가지고 찾아다니기도 버겁게 생각되었다. 토요일 오후라는 사실이 부담스럽기도 했다. 우선 가르쳐 준 대로 퓨즈를 점검해보니 투명한 노란색 플라스틱 판 속에 있는 퓨즈의 동선(銅線) 부분이 끊어져 있었다. 급한 대로 퓨즈를 갈아 끼우고 그리로 갈 수 밖에 없었다.

짧은 반바지를 입고 맨살위에 얼룩덜룩한 군복무늬의 조끼 하나만 걸친 젊은 사내가 기척을 듣고 내다보았다. 자초지종을 듣더니 고친 데로 가보라고 하면서 등을 돌리려고 하였다.

"지금 이 상태로는 거기까지 다시 돌아가기 힘드니까 한번 봐 주시죠."

남편의 말에 그는 날렵한 생김새와는 달리 천천히 밖으로 나와서 보닛을 열었다. 냉각수는 여전히 끓고 있었고 아까의 그 부분에서 여전히 물이 비어져 나오고 있었다.

"뭘 갈으셨다구요?"

그는 기구를 가져와 차 앞을 들어 올리면서 신경질적으로 물었다. 나는 팬 모터와 섬머스태트와 가스캣 그리고 에어컨

가스를 완충했다고 찬찬히 설명을 했다.

"전혀 교환한 것이 없는 것 같은데……."

그는 들릴락 말락 하게 중얼거렸다.

"그럼 전혀 달라진 게 없단 말인가요? 중고로 갈았을 지도 모르죠."

"저는 잘 모르겠습니다. 어쨌든 팬 모터는 새것이 아니네요."

"그럼 사기를 쳤나? 전기 배선이 나쁘다고 했어요. 퓨즈를 갈아 끼면서 광주까지 가라고 하면서 퓨즈를 이만큼이나 주던데요."

그는 이 말을 듣지 못했는지 아무런 반응도 보이지 않았다.

"아까 거기서 얼마 내셨어요?"

그가 물었다.

"이십 칠만 구천원이요."

"부품이 그대로인데요."

그는 여전히 짧게 대답했다. 아이가 아플 때 의사가 쓸데없는 말이라도 많이 하면 위안이 되었던 것처럼 사내가 차에 대해 무엇인가 말을 해주기를 막연히 바라던 나는 좀 섭섭한 마음이 들었다.

물을 퍼다 붓고 공회전을 시키고 물이 넘치는 것을 보면서 나와 아이들은 아스팔트 옆에 쭈그리고 앉았다. 서서히 배도 고프고 신경질이 솟아나려고 하였다. 지방 번호판을 달고 다니니까 어쩌면 손도 보지 않고 고쳤다고 했는지도 모르는 일이었다. 하지만 아무리 속이고 속는 세상이라고는 하지만 얼굴에서 풍기는 인상을 상당히 신뢰하는 편인 나로서는 그 선량한 얼굴의 정비사가 그렇게 깜찍하게 사람을 속인다는 사실이 쉽게 납득이 되질 않았다. 우리 식구가 무사히 도착한 후에 전화하라고 명함까지 내 준 것을 보면 그가 나쁜 사람이라고 함부로 속단할 일도 아닌 듯싶었다. 진실은 어찌되었건, 차가 고장이 나 있는 것은 엄연한 사실이었다. 속이 상했고 이런 귀찮은 일에 몸이 매인다고 생각하니 짜증이 슬며시 일었다.

"고속도로에 진입하기 전이라 다행이야."

남편이 내 불편한 심기를 눈치 채고 먼저 말했다.

"맞아요. 고속도로를 달리다가 갑자기 차가 섰다고 생각을 해 봐요. 가장 귀한 것이 우리 식구 목숨 아녜요? 솔직히 퓨즈 한주먹 들고 고속도로를 간다고 생각하니까 으스스 했다구요."

"그래, 오히려 잘 된 거야. 아예 손을 봐가지고 가야지."

사내는 우리의 조급한 마음은 아랑곳없이 팬 모터를 갈아야겠다는 말을 남기고 이웃한 봉제 가게에 가서 먹다 둔 수박을 먹으며 그 사람들과 낄낄거리고 있었다. 처음에는 기다려야지 하면서도 아무리 칼자루 쥔 쪽이라고 저렇게 무심할 수 있는가 화가 치밀었지만 그 사람의 성미를 건드려서 이득 볼 것이 없었으므로 입을 다물었다.

사내는 이웃집 사람들과 타이어의 종류와 바퀴의 떡살무늬를 고르며 웃고 있었다. 참다못해 우리 차는 어찌 할 거냐고 묻자 곧 부품이 도착하면 고칠 거라고 대답했다. 그 후로도 정말 한참 만에 어떤 소년이 오토바이에 무엇을 싣고 왔고 예의 그 사내는 그제야 차를 이리 저리 들여다보았다. 그 동안 물이 한 방울씩 떨어져서 냉각수통에 물이 반밖에 남아 있질 않았다.

"물 떨어지는 것을 잡아주세요."

그는 섬머스태트와 팬모터를 갈아야 하고, 전기 배선이 좋지 않다면 릴레이를 교체해야겠다며 연장을 들었다. 한참만에 에어컨은 줄이 직선으로 연결되어 있어서 별로 시원하지 않겠다는 말과 함께 청구서를 내밀었다.

'후앙모타, 릴레이, 섬머스태트, 공임 7만원, 합계 25만 5천원' 이라고 적혀진 간이 계산서였다. 후앙모터가 뭘까 생각해보니 아마도 팬모터를 이르는 말 같았다. 서너 시간동안 기다리다 보니 어찌나 지쳤던지 돈은 어찌 되었든 집까지 무사히 갈수만 있다면 다행이라는 생각만이 간절했다.

시어머님이 말겨서 억지로 들고 온 찰밥이 그렇게 큰 도움이 될 줄이야. 아침에 출발한 우리는 찰밥으로 점심을 때우고 해가 설핏 기울 때쯤 되어서 서울을 빠져 나왔다. 속도를 필요 이상으로 낮추었음은 물론이고 삼십분 간격으로 갓길에다 차를 세우고 냉각수가 줄어드는지 살피며 오창 휴게소까지 왔을 때 아이들은 배도 고프고 지쳤다고 아우성을 치기 시작했다. 사실 우리 모두 지쳤기 때문에 휴식을 할 필요가 있었다. 물이 약간 줄어 든 것 같았는데 다행히 물이 뜨겁지는 않았다. 혹시 몰라서 물을 가득 채우고 여분의 물을 트렁크에 실었다.

"언덕을 넘어서면서 구름을 보고 순간적으로 깜짝 놀랐어. 또 김이 나나 싶어 철렁하더라니까."

남편은 기지개를 켜며 웃었다.

"글쎄요. 이러다가 신경쇠약 걸리겠다니까요."

나는 냉각수 통에 손가락을 넣으면서 대답했다.

"편하게 쓰는 만큼 불편도 감수해야지. 그래도 물이 뜨거워지지 않았고 여기까지 오면서 별 탈 없었으니 이번에는 제대로 고쳐졌나 봐. 지나치게 신경을 쓰는 것도 좋은 일이 아니지. 조심은 하되 잘된 것으로 믿기로 하자구. 그나저나 청주 동생에게 들러 볼까?"

남편은 안심했다는 듯이 한층 표정이 밝아져서 내게 물었다. 아이들은 아이스크림을 먹으면서 한결 살겠다는 표정을 지어 보였다.

"오늘 아침부터 나와서 계속 길에 있었잖아요. 앞으로 갈 길도 먼데 거기까지 들렀다 가면 너무 피곤할 것 같아요. 부지런히 가도 밤에나 도착할텐데……."

나는 한시 바삐 집에 가야겠다는 생각에 서울을 출발할 때 들러보리라고 계획했던 시동생의 집을 그냥 지나치고 싶었다. 동서가 둘째 아이를 낳았다고 해서 한번 들여다보아야 했고 확실치 않다는 토를 달긴 했지만 전날 전화까지 해 둔 터였다.

"그래도 큰엄마가 되어 가지고 조카 얼굴도 안보고 가면 섭섭하다고 할 텐데……. 어차피 광주는 밤이나 되어야 들어갈 거고. 나는 생각보다 피곤하지 않아."

남편은 완곡하게 가고자 하는 뜻을 비쳤다. 이제 보름밖에 안된 아이와 동서의 산후 수발을 위해 오신 친정어머니가 더위 속에서도 이것저것 마련해서 상을 차려 놓으셨다. 사돈 노인이 차려주신 밥상이라 송구스럽기는 했지만 하루 종일 밥다운 밥을 제대로 먹어 보질 못한 우리 식구들은 맛나게 한 그릇씩 먹어 치웠다. 좁은 아파트에 우리 네 식구가 들어앉으니 집이 꽉 차게 그득했다.

"이리 와 봐. 아버지가 펄쩍 뛰신대. 차가 고장이 났으면 집으로 도로 들어 올 것이지. 거기까지 왜 갔느냐구? 어머니에게 야단을 하셨나봐. 아까 천호동에서 집으로 전화를 했었거든. 광주에 도착할 때가 되어도 전화가 없으면 어머니가 집에 전화하실 테고 그러면 노인네들 걱정할 것은 뻔하지. 그래서 차에 이상이 생겨서 고쳐 갈 테니 그런 줄 아시라고 했거든. 전화 좀 받아봐."

어머니는 아버님이 노발대발 하신다는 것과 천호동에서 전화했을 때 집에 들어오라는 말을 하지 않았다고 어머니께 역정을 내셨다는 것, 그리고 아무리 집이 좁거나 말거나 청주에서 자고 환한 낮에 가라고 통사정을 하셨다. 산모가 누워있는데 우리 식구까지 있으면 수선스러우니 집으로 가겠다니까, 어른 말 들으라고 아버님이 호통을 치는 소리가 전화기 건너에서 들렸다.

아무튼 한참을 망설이다 청주에서 자고 가겠다고 했다. 한번 주저앉으니 다시 일어서기도 싫은데다 굳이 말리는데 밤에 길을 떠났다가 사고로 죽은 친구 남편의 일이 떠올라 못이기는 체 하루 밤을 신세지게 되었다.

이튿날 아침 남편은 정색을 하고 말했다.

"어젯밤에 여기서 자기를 잘한 것 같아. 지금 또 차에서 물이 뚝뚝 떨어지는데, 아무래도 이상이 있나봐. 그나저나 오늘이 일요일이라 문을 연 곳이 있을지 모르겠네."

그 때부터 우리는 다시 기나긴 고생길에 올라야 했다. 어쨌든 집에는 가야하고 아무데서라도 차를 손봐야 했기에 고속도로로 나가는 쪽으로 향하면서 카센터라는 간판이 보이는 곳이면 무조건 하고 찾아 들어갔다. 대부분 문을 닫았기에 다음 간판을 따라 어디인지도 모르는 길을 헤매게 되었다. 그러다가 어느 한적한 뒷길에 이층 양옥집의 담벼락 두면을 헐어내고 그 마당에다 수리 센터를 차린 '예원 카센터' 라는 곳으로 찾아 들어갔다.

장발에 운동모자를 거꾸로 눌러 쓴 사내가 우리로 부터 자초지종을 들은 뒤, 차를 가까이 대라고 일러 주었다. 물은 여전히 한 방울씩 떨어지고 있었다.

"섬머스태트 뚜껑이 잘 고정이 되질 않았나 봐유. 이건 겨울에 히터 틀 때 쓰는 거니께 아예 빼 놨다가 부동액 널 때 있잖유? 그 때 넣어 달라구 해유."

그는 섬머스태트라고 하는 깔때기 모양의 부속품을 빼서 내게 주었다. 석연치 않았지만 물이 떨어지지 않고 집에까지 무사히 갈 수 있다면 아무래도 좋을 듯해서 말없이 받아 넣었다.

"아저씨, 멀리 가야 하니까 잘 점검 해주세요."

"다른 이상은 없는 것 같은데유."

그는 이리 저리 전선을 만져 보면서 말했다. 다행이다 싶어 차를 뒤로 빼려고 하는데 부릉 부릉 소리가 요란했다.

"웬일인지, 시동이 걸리지 않아."

운전석에 앉은 남편이 근심스럽게 말했다.

"다시 걸어 보세요. 지금까지 물은 샜어도 시동이 안 걸린 적은 없었잖아요."

"글쎄 말이야. 이상한 일이지."

정말로 시동이 걸리지 않았다. 충청도 말을 하는 코미디언과 억양은 물론 용모까지 흡사한 정비사가 대신 시동을 걸어 보았지만 차는 꼼짝도 하지 않았다.

"귀신 곡할 노릇이네. 나는 손도 안댔시유. 환장하겄네."

정비사가 머리를 이리 저리 흔들며 말했다. 그 순간 마치 누가 주문을 걸어서 차에 귀신이 붙은 것만 같아 등골이 오싹했다. 그래서 그 와중에 나에게 그렇게 나쁜 짓을 할 사람이 있을까 점검하느라 머릿속이 복잡했다. 그러나 아무리 해도 시동이 걸리지 않았다. 요란스럽게 공회전만 할뿐 정작 시동이 걸려주질 않았다. 정비사가 꼬마전구 같은 것이 달린 스위치로 여기 저기 점검을 해 봐도 깜빡깜빡 불이 잘 들어왔고, 어디에 이상이 있는 지 알아내지를 못하고 있었다.

"혹시 빳데리가 이상이 있는 건 아니유?"

"지난 겨울에 상계동에 가서 오일 넣을 때 제일 좋은 것으로 갈았는데요."

그는 남편의 말에 Delko 어쩌고 쓰인 배터리를 맥없이 한번 두드려 보았다. 한참을 들여다보더니 순간 전력이 일만 볼트가 넘는 스파크를 일으켜 시동을 걸어주는 장치가 고장이 났을 것이라며 일요일이라 부품을 구할 수 있을지 모르겠다고 혀를 찼다. 어떻게 해보라는 나의 간청에 그는 이리 저리로 전화를 돌리기 시작했고 그 쪽에서 중고 부품이라도 좋으니 한번 찾아 보겠단다며 전화를 끊었다. 그는 일을 하는 도중 내내 소니의 무선 전화기를 주머니에 넣고 있다가 한 손으로 능숙하게 전화를 걸어댔다. 마당에 커다란 감나무가 한 그루 있어서 그 밑에 신문지를 깔고 앉아있던 우리 아이들이 차를 버렸으면 좋겠다고 또 다시 투정을 해대기 시작했다. 정말이지 버릴 수만 있다면 미련 없이 던져버리고 고속버스를 타고 집에 가고 싶었다. 그 와중에도 한편으로 시간이 지체될수록 정비료를 얼마나 내야할까 걱정이 되었다.

그러는 사이에 점심시간이 훨씬 지났고, 나는 속에서 치밀어 오르는 성질을 참느라고 입안이 까칠해서 시장기조차 느낄 수가 없었다. 배가 고프다는 아이들을 데리고 남편은 건너편에 있는 중국집에 가서 간단히 요기를 하고 왔다. 날은 찌는 듯이 더웠고 마당 그득히 싸여있는 고철 더미 사이에 신문지를 펴고 앉은 우리 식구는 차가 고쳐지기만을 대책 없이 기다리고 있었다.

잡다한 상념에 시달리면서 뭐 시간을 보낼만한 꺼리가 없나, 찾아보았지만 사무실 안에는 '오토' 라는 자동차 잡지

밖에 없었다. 넘겨보아도 별로 볼만한 기사거리도 없었고 깔고 앉은 신문은 광고까지 샅샅이 훑은 뒤였다. 오토바이 소리만 나도 고개를 빼고 내다보았지만 한 시간이 지나도록 우리와는 관련 없는 사람들만 오갈뿐이었다.

"부품을 꼭 구해야 할 텐데, 어떡하죠?"

"오늘이 일요일이라 부품 가게가 죄다 문을 닫았시유. H사는 일요일에도 여는 데가 있는데, 이 회사는 절대 안 열어유."

그는 주인 없는 다른 차를 손보며 말했다.

"그래도 급하다고 사정하면 문을 열어줄 거 아니에요? 정 그렇다면 전화번호와 부품 이름을 써주세요. 제가 가서 사정을 해 볼게요."

"아이구, 소용없시유. 누가 가게 문 여는 것을 보고 고발하면 벌금이 백만원이유."

"그럼 일요일 날은 차가 고장 안나요? 그런 법이 어디 있어요?"

"그건 우덜 생각이구유. 법이라는 게 만들면 법이잖어유. 다시 연락 해볼 테니 조금만 더 기다려 보세유. 정말 이상도 하지, 멀쩡한 차가 왜 시동이 안 걸린디야. 이것두 더위를 먹었남."

그는 차를 여기 저기 들여다보고 부품의 이름과 거기에 쓰여 있는 넘버를 소리쳐 부르면서 여러 군데에 전화를 했다.

그리고 한참 만에 소년티를 갓 벗은 젊은이가 오토바이를 타고 부속을 가지고 왔다. 손바닥 반 정도 크기의 납작한 크기의 부속을 교체하고 정비사는 자신있게 시동을 걸어보라고 했다. 그러나 시동은 걸리지 않았다.

"도대체 이 차는 어디가 고장이랴?"

정비사도 퍽 짜증이 난 듯 했다. 그는 여기저기 한참 들여다보더니 운전석으로 가서 앞부분을 뜯고서 수많은 줄이 붙어 납땜이 된 작은 공책만한 판을 하나 뜯어냈다.

"아무래두 컴퓨터가 고장인가 봐유."

"차에도 컴퓨터가 들었어요?"

내가 곁에 서 있다가 되물었다.

"그럼유. 이런 것을 컴퓨터 판이라고 하는데, 이건 못 고쳐유. 아마 바꾸실려면 돈이 꽤 들거유."

"얼마쯤 드는데요?"

"중고로 해도 십오만원은 들거유."

"그래도 차가 안 가는데 갈아야지 별 수 있나요? 그나저나 부품을 구할 수 있어야 말이지요."

"제가 가서 알아 볼게유."

그는 주머니가 많이 달린 카키색 바지춤을 올리며 컴퓨터 판을 옆구리에 끼고 길 건너로 사라졌다. 한 이십분쯤 지나자 그가 길 건너편에 다시 나타났다. 거꾸로 눌러 쓴 검은 모자 위로 따가운 햇살이 사정없이 내리고 있었다. 나는 차츰 돈이 얼마나 들까 하는 문제를 초월하고 있었다. 미신이라고 할지 모르지만 이 정도 재수가 없는 것으로 미루어 보면 아마도 죽을 운인데 그래도 무사했다는 쪽으로 생각이 기울었기 때문이다.

"부품은 구하셨어요?"

"운이 좋게 있긴 있대유."

그는 운전석 밑쪽에서 불편한 자세로 몸을 굽힌 채 한참을 일했다.

"이제 시동을 걸어 보세유."

남편이 보네트를 연 상태에서 시동을 걸었다. 드디어 시동이 걸렸다. 그러나 집에 갈 수 있다는 기쁨도 잠시고 스파크 아래쪽에 나란히 붙어있던 세 개의 퓨즈가 있는 곳에서 연기가 나기 시작했다. 시동을 건지 몇 분이 지나자 그 중 가운데 빨간 비닐로 싸여진 것이 녹아 내렸다.

"이번에는 또 다른 곳이 고장인가요?"

"글쎄 말이유. 이 차 정말 속썩이네유. 무엇 때문에 그런지 알 수가 있어야지유."

그는 다시 연장을 들고서 이리 저리 살펴보고 꼬마전구가 달린 드라이버를 들고 여기 저기 대보았지만 확실한 원인을 알 수가 없었다. 다시 한번 퓨즈를 갈아 끼우고 시동을 걸어

보았지만 몇 분이 안 되서 또 그 퓨즈가 녹아내렸다.

"아, 짜증나네. 뭐 이런 차가 있디야. 하필이면 이런 차가 나한테 걸려?"

그는 전화를 들고 또 이리 저리 전화를 하기 시작했다.

"야, 릴레이 속에 BOSCH라고 써 있는 것 있지? 거기 보면 번호가 있는데, 내가 부르는 번호에 맞는 부품이 있나 찾아 봐."

그는 9개자리의 숫자를 부르기 시작했다.

"그건 천호동에서 갈은 것인데요. 새 것인데 고장이 날 리가 있어요?"

내가 끼어들었다.

"이게 번호가 맞아야 하는데 아마 번호가 틀린 것을 끼고 지금까지 다니셨나 봐유. 그래서 전기 쪽이 나간 거 같애유."

"그래도 그게 아주 틀렸으면 여기까지 무사히 온 것이 기적이네요. 이렇게 몇 분 만에 녹는 퓨즈가 두 시간쯤 달려도 괜찮았으니까요."

남편도 뭐가 뭔지 모르겠다는 듯이 망연하게 말을 했다. 그 후로도 시간이 꽤 걸려서 그 부품을 구해 왔고, 그는 고개를 갸우뚱하며 갈아 끼웠다. 나는 떼어낸 부품이 새 것이고 혹시 필요할지도 모르니까 달라고 해서 핸드백에 넣었다. 첫 번째 정비소에서는 퓨즈를 받았고 두 번째 정비소에서 섬머스태트와 그 부품이 남았다. 쓰레기통에 버릴 수만 있었다면 우리는 그날 차를 버렸을 것이다.

"다시 시동을 걸어 보세요."

그의 주문에 따라 몇 번이나 해 보았지만 다행히 퓨즈가 녹아내리지는 않았다.

"이젠 됐네유. 아이구 힘드셨지유. 사실 이런 고약한 경우가 걸리면 우리도 힘들어유. 다른 것은 간단하게 얼른 고치고 돈을 받으면 되는데……."

"맞아요. 우리 차가 환자로 치면 중환자에 해당되는 셈이겠네요. 어쨌든 무사히 가게 되었다니 기쁘네요."

그곳에서 다섯 시간 이상이나 보낸 우리로서는 일단 갈 수 있다는 사실이 기뻤다. 그러나 문제는 가지고 있는 돈이 충분치 않다는 것이었다. 그가 우리에게 내민 청구서에는 컴퓨터판 25만원과 공임 10만원을 합해 35만원이라고 적혀 있었다. 우리는 카드를 내려고 했지만 그는 현금을 달라고 했다. 그래서 우선 20만원을 주고 광주에 도착해서 나머지 15만원을 온라인으로 부쳐주겠다고 제의했으나 그는 완강하게 고개를 저었다. 서울을 출발할 때의 상황을 이야기하고 자동차 수리비로 도중에 돈을 모조리 썼다는 것을 말하면서 사정을 해도 막무가내였다. 심지어는 남편이 교직원증을 보이면서 절대 돈을 떼먹을 사람이 아니니 믿어 달라고 했지만 '그런

식으로 돈을 안내고 간 사람들 가운데 돈을 부쳐준 사람이 없다' 고 안 된다는 것이었다. 사람이 좋아 보이더니 일단 한 번 고집을 부리자 소죽은 넋처럼 말없이 고개만 내저었다.

"하긴, 요새 세상에 교수를 어떻게 믿겠어? 저 사람 잘못만도 아니야. 이렇게 불신임을 받는 데는 교수들 책임도 있겠지." 라고 말하는 남편의 쓸쓸한 표정 속에서 점점 깊어지고 있는 불신의 늪을 볼 수 있었다.

"저 사람 혹시 뒤가 켕겨서 그러는 것 아닐까? 사람을 의심하는 것은 나쁘지만 아까 컴퓨터를 구해 온다고 길을 건너오면서 그 판의 뒤에 붙어 있는 상표를 긁으면서 오던데. 멀쩡한 우리 것을 가져다가 부품을 구해온다고 다시 가져온 것 아니야?"

그의 고약스러운 태도가 괘씸하기도 하고 의심스러운 마음이 일어서 나는 다시 한 번 남편에게 컴퓨터 판에 대해서 이야기했다.

"그래도 사람이 아프지 않고 차가 고장 난 것이 얼마나 다행이야. 만약 우리 식구 누가 아픈데 의사들이 여기저기서 다른 소리를 하면서 마구 헤쳐 놓았다고 생각해 봐. 끔찍하지. 사람 몸은 자동차와는 달라서 잘못 되었다고 하더라도 다시 조립하거나 교환할 수가 없는 거니까."

"그건 그래요."

우리가 볼모로 잡히고 남편이 365코너를 찾아 돈을 찾아 올 때까지 정비사는 표정을 풀지 않았다. 마침내 남편이 돌아와 돈을 건네자 고맙다는 말과 함께 그 작은 부속은 헌 것이니 광주에 가서 갈라고 하면서 아홉 자리의 번호중 하나도 틀리면 안 되니까 그 번호를 반드시 잘 확인하라는 말을 덧붙였다.

우리는 해가 한 뼘쯤 남아 있을 때 고속도로에 진입을 했고, 필요 이상으로 자주 휴게소에 들러서 광주에 도착했다. 무사히 도착했다는 안도감 때문에 식구들은 금시에 허물어질 듯이 주저앉았다. 그동안 더위를 느끼지 못할 정도로 긴장하고 있었다.

한숨을 잘 자고나서 나는 우선 큰 숨을 한번 쉬고 첫 번째 정비소로 다이얼을 돌렸다. 전화를 받은 여직원에게 명함에 적혀있는 이름을 또박또박 대고 바꾸어 달라고 했다. 잠시 후에 서글서글한 음성이 흘러나왔다.

"아, 아주머니세요? 지금 어디세요?"

"광줍니다."

"잘 도착하셨어요?"

"잘못 도착해서 중간에 하루 자고 왔습니다."

"아, 그래요?"

그쪽에서 잠시 동안 말이 없었다.

"그런데요. 천호동에서 고장 나서 고치고, 청주에 와서 또 고장이 나서 다시 고쳤는데, 그 쪽 말이 아저씨가 갈았다고 하는 팬모터나 섬머스태트라는 것들이 전혀 수리가 안 되어 있더랍니다. 그래서 어찌된 일인가 전화를 했어요. 이 더운 날 우리 식구가 길바닥에서 이틀 동안 얼마나 고생한 줄 아세요? 아저씨 얼굴은 선량하게 생겼던데 정말 실망했습니다."

전화선을 타고 긴장이 흘렀다.

"사실 저는 에어컨 가스만 넣고 너무 바빠서 차를 제가 잘 아는 다른 곳에 맡겼거든요. 그런데 지금까지 이런 일이 전혀 없었어요. 제가 자초지종을 알아보고 다시 전화를 드릴게요."

그는 말을 더듬거리며 서둘러 전화를 끊었다. 20여분쯤 지났을까 전화가 오지 않을 수도 있다는 생각으로 씨근대고 있는데 그에게서 다시 전화가 왔다. 차를 맡긴 집에 갔더니 순순히 돈을 내어주더라고 하면서 정말 죄송하다는 말을 수없이 뇌까리고는 나의 은행 구좌에다 당장 입금을 시키겠노라며 사과를 했다. 그럴 것이라고 짐작을 하고는 있었지만 막상 고백을 듣고 보니 기분이 사정없이 나빠졌다.

아무래도 차를 다시 점검해야 했기에 광주에서는 제일 큰

금호고속의 정비소인 오토마스터에 갔다. 내 딴에는 그 회사의 상무이사의 부인을 잘 알고 있었기 때문에 그 루트를 통해 확실하게 점검을 해 볼 작정이었다. 고속버스들이 줄지어 선, 엄청나게 넓은 정비소에서 소형차 수리하는 곳을 물어가보니, 상무님이 벌써 두 번이나 전화를 했었다는 말과 함께 걱정 말라고 했다. 조대리라는 사람이 내가 내민 부속을 받고 고개를 갸우뚱 했다.

"짜아식들, 섬머스태트는 왜 떼었을까? 그리고 이 보쉬는 차에 있는 것이 헌 것이고 지금 가져오신 것이 새 것인데, 이것으로 다시 바꾸면 되겠네요."

"안돼요. 그러면 퓨즈가 녹아요. 번호를 하나도 틀리지 않는 것으로 구해서 바꾸라고 했어요."

"번호라니요?"

그는 양미간을 찌푸렸다. 시멘트 마당위에 세워둔 차위로 따가운 햇살이 사정없이 떨어지고 있었다. 나는 다시 한 번 아홉자리 번호의 중요성을 이야기 했다.

"상관없어요. 이걸로 바꾸면 돼요."

그는 내 말은 들은 체도 않고 걱정 말라며 전체적으로 점검을 해주겠다고 했다. 이튿날 말끔하게 단장된 차를 돌려받으면서 우리는 7만원이라고 쓰인 청구서를 받았다. 엔진의 온도를 나타내는 계기판이 고장나서 그것을 교체한 것과 공임을 합친 금액이었다. 이상이 있으면 언제든지 연락하라는 말에도 안심이 되지 않았던 것은 에어컨에서 시원한 바람이 다시 나오기 시작했음에도 불구하고 그놈의 번호가 틀린 보쉬 때문이었다. 차를 고친 후 이틀이 지난 후 주저하는 표정을 지으면서 남편이 말했다.

"당신 기분 상할까봐 이야기 안하려고 했는데 이제 더 이상 기분 상할 것도 없을 것 같아서 이야기를 하는거요. 글쎄 어제 아침부터 자동차 속도를 나타내는 계기가 고장이 나지 않았겠소. 아무래도 정비소에서 열량계를 고치면서 무언가 잘못된 것 같아서 다시 찾아 갔더니 새것은 아니고 중고품이라고 하면서 다른 것으로 바꿔주더군. 그러면서 돈을 전혀 받지 않더란 말이야. 어떻게 생각하면 고맙기도 하고 다른 한편으로는 이 사람들이 고치다가 무엇을 잘못 건드렸는지 의심이 들기도 하고." 하면서 말끝을 흐렸다.

번호 한자만 틀려도 퓨즈가 녹아내린다던 청주 정비사의 말과는 달리 근 보름 동안 운행을 했어도 차는 멀쩡했다. 청주에서 분명히 다른 것을 끼웠을 때 연기가 나며 녹아내리던 퓨즈는 도대체 어떻게 된 것일까. 우리는 순간순간 두 눈으로 직접 사실을 보았지만 진실은 어디에 있는 지 알 수가 없었다. 정비소마다 다른 방식으로 차를 고쳐주었고 그 때마다 얼마동안 차는 제대로 작동이 되었던 것이다. 그러나 언제 또 고장이 날지 누가 알겠는가?

그런데 며칠 전부터 멀쩡하던 에어컨이 작동되질 않더니 아무래도 물이 줄어드는 것 같다며 남편이 근심을 했다. 그래서 최후의 방법으로 우리가 타는 자동차 공장에서 직영하는 서비스센터에 가보기로 했다. 거기에서도 시원찮다면 차를 버리든지 무슨 수를 낼 수밖에 없었다.

고속버스 터미널 옆에 어마어마한 규모의 자동차 출하장과 서비스센터가 있었는데 입구에 있는 건물에서 접수를 하고 나서도 엔진, 하체, 도장 부문이라고 쓰인 곳을 찾아 헤맸다. 전기 배선관계를 본다는 곳을 찾아가니 이미 두 대의 차가 점검을 받고 있는 중이었다. 기다리는 동안 접수 사무실에 가서 자판기 커피를 하나 빼들고 자리잡고 앉았다. 9월이라고 해도 무척 더운 날씨였다. 사무실에는 냉방장치는 물론 비디오 시설도 있었고 기다리는 사람들의 편의를 생각해 간이 휴게실처럼 꾸며져 있었다. 화장실로 이어지는 복도에는 광주 학살자 처벌이란 글귀가 벽에서 함성을 지르고 있었다.

어디가 어떻게 고장을 났는지 말로 설명을 하기도 힘들어서 나는 최초에 있었던 일과 그동안 거쳐 온 정비소에서 무슨 부품을 갈았고 차의 증상이 어떠했는지 영수증을 참고하기도 하고 기억력을 총동원해서 종이에다 조목조목 썼다. 우리 차례가 되어 종이를 내미니 서너 명의 사람들이 둘러서서 웃기 시작했다. 그 중 한사람이 영수증을 보자고 했다. 그러더니 고개를 갸우뚱 했다.

"아주머니, 자세히 쓰기는 하셨는데 무슨 말인지 모르겠어요. 지금은 뭐가 안 되나요?"

"우선 에어컨이 안 되고 냉각수가 줄어드는 것 같아요. 그리고 퓨즈가 끈적끈적하게 녹으려고 하구요. 여하간 잘은 모르겠는데 불안하니까 전체적으로 봐주세요. 서울에서는 전기 배선이 안 좋다고 해서 릴레이를 갈았는데요."

"그런데 번호가 어쩌구 하는 말은 무슨 말입니까?"

나는 그 말에 BOSCH라고 쓰인 부속을 찾아서 거기에 있는 아홉개 번호를 보여주었다.

"청주에서는 여기 이 번호가 한자라도 틀리면 안 된다고 했는데 오토마스터에서 틀린 번호로 갈았다니까요. 그런데 아직 퓨즈가 녹지는 않았어요."

"그건 상관없어요."

"그래도 청주에서 퓨즈가 녹는 것을 분명히 보았다니까요."

"글쎄, 무슨 말인지 이해가 안 가는군요."

작업반장으로 보이는 사람이 무뚝뚝하게 말했다.

"여기 이 퓨즈요? 짜아식들 괜히 겁을 줬구먼. 이것도 사제 퓨즈야."

다른 사람이 빨간 테이프로 감은 퓨즈를 뜯어내면서 다른 퓨즈를 갈아 끼워 주겠다고 했다. 예의 꼬마전구가 달린 드라이버 같은 것으로 여기 저기 살펴보던 아저씨는 별 이상이 없다고 했다. 그 옆에 있던 아저씨들은 이 사람이 전기 전문이니까 믿어도 될 것이라고 거들었다.

"그런데 이 배터리 언제 바꾸신 건가요?"

"몇 달 안 되었어요. 제일 좋은 거라고 했는데……."

"배터리가 나빠서 전기의 공급이 제대로 안된 거예요. 거기서 부터 시작해서 여기 저기 고장이 난거지요. 어떤 놈인지 바가지를 엄청 씌었네. 정품도 3만 5천원인데 B품을 가지고 몇 곱절을 남겼구만……. 다른 것은 이상이 없는 것 같고 배터리만 갈면 되겠습니다."

퓨즈를 뜯어내던 아저씨가 싱글거리며 우리를 건너다보았다.

"그러면 이 고장의 원인이 겨울까지 거슬러 가는 건가? 상계동 카센터 그 사람 정말 나쁜 사람이구먼. 대체 어디서부터 어떻게 잘못되기 시작했는지…, 어쨌든 진실은 어디에 있는지 모르지만 이 차가 계속 고장이 난 것만은 사실이지. 그래서 우리가 고생을 했구."

남편은 기가 막히다는 듯이 고개를 가로 저었다. 우리는 서로 어이없는 눈길을 주고받았다.

"그러면 지극히 간단한 것이 원인이었단 말이죠?"

"현재로서는 그렇다고 할 수 밖에 없겠지. 그러나 또 다시 고장이 나면 답은 달라지겠지요."

갑자기 기가 막혀서 헛웃음이 나올 지경이었다.

"세상 일이 알고 보면 다 그렇지 뭐. 우리 식구들 다치지 않은 것만 해도 감사해야 해."

"그렇게 생각하면 감사하지 않을 일이 없게요. 그렇지만 나타난 사실만 있지, 진실은 알 수가 없네. 그러니까 진실은 신만이 아실까요?"

"그러니까 우리 사회가 이렇게 혼탁해 지는 거 아니야. 나는 이번 일을 통해서 이 차 때문에 들어간 비용이나 시간보다도 더 큰 걸 잃은 것 같아서 그게 마음에 걸려."

남편은 말을 이었다.

"우리에게 필요한 것은 눈으로 확인한 사실이 아니라 우리의 눈에 보이지 않는 것까지 포괄하는 진실이니까. 이 진실이 정확하게 밝혀지면서 잘못한 사람은 응분의 대가를 치르고 또한 용서를 빌어야 해요. 그 다음에 상처 받은 사람들이 용서를 해야만 우리는 이 엄청난 역사의 짐으로 부터 벗어날 수 있어요. 사실 때린 놈들은 배짱 튕기며 살고 있는데 오히려 맞은 사람 쪽에서 제발 용서해 주겠다고 사정하는 꼴이잖아. 이렇게 된 것은 해방 공간에서 부터 우리의 역사가 뒤틀리기 시작해서……."

남편의 말이 계속되는 동안 가장 확실한 현대의 기계공학

적 원리에 의해서 만들어진 자동차가 고장이 났다는 엄연한 사실에 대해 진정한 원인을 밝혀내지 못했던 지난 여름의 기억이 머릿속을 스쳐갔다. 그리고 진실이 밝혀지지 않은 채 억울한 옥살이를 하고 출옥해서 자살한 사람, 성수대교에서, 삼풍백화점에서, 광주에서 죽어간 사람들의 안타까운 모습이 겹쳐 지나갔다. 과연 사실과 진실의 거리는 얼마쯤 되는 것일까. 서울과 광주의 거리만큼 되는 것은 아닐까?

막차에 오르는 사람들

노인들이 지성스럽게 시제를 모시는 일을 우상 숭배라고 단죄하기는
너무도 무성의하고 몰이해한 처사이고, 그렇다고 해서 무조건적으로
우리의 좋은 전통이라고 받아들이기에는 무엇인가 기연미연한 점이 있었다.

막차에 오르는 사람들

포근한 짚더미 위에서 따뜻한 햇살을 받으면 기분 좋게 잠들 것 같은 음력 시월 보름날, 간신히 차가 서로 비껴갈만한 시골길을 따라서 쇠똥 냄새가 물컹한 공터에 차를 세웠을 때, 저만치 둔덕 위에 중절모 차림에 두루마기를 입은 사람들의 군상이 첫눈에 들어 왔다.

그래도 산 밑에까지 포장도로가 나 있어서 다행이라고 생각하는 순간, 시멘트로 포장된 동그란 공터 한 편에 매끄러운 검은 돌로 된 기념비가 다소곳이 서 있는 것이 눈에 띄었다. 〈송제공 묘소 도로 준공 기념비〉 라고 쓰인, 사람 키 만한 비석 뒤편에는 몇 대손 누가 얼마를 기부했다는 내용이 빽빽하게 적혀져 있었다. 가나다순이 아니라 돈을 많이 기부한 순서대로였다.

나는 모여 있는 촌로들 앞에 선뜻 나설 엄두가 나지 않아서 잠시 망설였다. 남자 백여 명이 모인 자리에 여자라고는 그림자도 비치지 않았던 것이다. 물론 집에서부터 그것을 생각하지 못한 것은 아니어서 감색 양복 윗도리와 진고동색 바지 차림으로 따라 나서기는 했다. 그리고 짧은 커트머리였기 때문에 멀리서 보면 키가 작은 남자로 보일 수 있겠다는 계산까지 해 둔 터였다.

아버님은 빼곡한 자동차 사이를 비집고 어렵사리 주차를 시키고 나서 어른들에게 양해를 구하고 올 테니 공터에서 바람이나 쐬며 좀 기다리라고 하셨다. 아버님이 둔덕 위로 올라가는 것을 먼발치로 바라보며 나는 목이 마르다고 보채는 아들 녀석에게 물을 찾아 먹이는 대신에 까만 비닐봉지에 들어 있던 귤을 찾아내 까먹이고 있었다. 멀리서 아버님의 짙은 회색 양복이 처음에는 인사를 하는 듯이 꾸벅이는 것 같더니 이내 서 있는 사람들 사이로 사라졌다.

묘사(墓祀)가 11시에 시작된다고 해서 서둘러 길을 달려 왔으나 어찌된 영문인지 웅성거리는 사람들만 보일 뿐, 11시가 지났는데도 시작을 하지 않고 있었다. 이따금 지팡이를 짚은 노인들이 숨을 몰아쉬며 도착했다. 아마도 서울에서 여섯 시에 출발하기로 한 버스가 아직 도착하지 않은 모양이었다. 햇살은 축축한 대지를 부드럽게 어루만지고 있었다. 벼를 베어낸 그루터기에 연둣빛으로 다시 물이 오르고 물이끼가 낀 축축한 논바닥은 검푸른 양탄자를 펼쳐놓은 듯 했다. 가지 끝에만 잎이 달린 산등성이 나무들의 잎새가 푸른 하늘에 비쳐 보이고, 주황색 감들이 푸른 하늘과 강한 색깔로 대비를 이루면서 붉은 점을 툭툭 찍고 있었다. 기름지고 풍성한 한 폭의 유화 속에 서 있는 착각이 들 정도였다.

시아버지와 나 그리고 유치원 다니는 아들, 이렇게 삼대로 이루어진 우리 일행은 새벽 다섯 시에 집을 나섰다. 매사에 너무 일찍 서두시는 시아버지는 대전을 지나고 금강 유원지를 지나자 아무래도 이대로 달려가다간 시간이 남을 것 같다고 걱정을 했다.

"삭막한 고속도로보다는 이왕이면 국도로 가자. 너 이 길로 가본 적 없지?"

아버님은 옥천으로 빠져서 무주구천동 길로 접어들었다. 벼 수매를 하러 가는 경운기들이 짙은 아침 안개 속에서 손에 잡힐 듯 갑자기 나타났다가 뒤로 사라져 갔다. 어디를 가나 가을걷이가 끝난 짙은 고동색 들판에는 억새가 하얗게 피어나고 서리 맞은 풀들이 시냇가에 길게 늘어져 있는 풍경이 보였다. 아버님은 지나온 이야기를 하시느라 운전대를 잡고도 한참도 쉬지 않고 말씀을 하셨다. 전날 늦게 잠들어서 잠이 모자란 관계로 눈이 감겨들던 나는 졸지 않고 이야기를 경청하는 성의를 보이느라고 간간이 눈에다 힘을 주고 고개를 곧추 세우곤 했다. 어쨌든 아버님은 이번 시제 지내러 가는 길에 내가 따라 나선 것을 대단히 기뻐하셨다. 그리고 집안의 전통과 조상이라는 개념을 심어주려고 무던히도 애를 쓰면서 이만저만 친절하지 않았다.

사실 이번 길에 따라나선 데는 두 가지 이유가 있었다. 그 하나는 내가 아버님의 고향인 함양군 지곡에 있는 개평이라는 동네에 대해 흥미를 가지고 있는 터였기에 시제를 어떻게 지내는지 보고 싶었기 때문이다. 다른 하나는 모두 다 철저하게 독실한 기독교 신자인 식구들 틈에서 유독 아버님만이 홀로 제사를 고집하는 이유를 근본적으로 이해하고 싶었다. 시제에 대한 흥미가 표면적인 것이었다면 아버님을 전도할 길을 찾아보리라는 것은 은밀한 바람이었다. 그리고 노인들로 하여금 그 먼 길을 마다하지 않고 시제를 지내러 가도록 만드는 힘의 원천이 어디에서 비롯되는 것인지를 알아보는 것이 나의 숙제였다. 아버님은 그러한 나의 속마음까지 알아채셨는지는 몰라도 다만 작가로서 우리의 전통 문화에 관심을 가지고 있다는 선에서 흔쾌히 동행을 허락했다.

식구들이 제사나 종친회를 외면했기 때문에 항상 홀로 문중 일에 참석하셨던 아버님이 이번 기회에 손자와 며느리를 데리고 간다는 것에 좀 흥분을 하셨는지 지나온 이야기를 하시다가 육십령 고개로 해서 간다는 것이 그만 길을 잃고 말았다. 장계에서 육십령 고개로 가야 하는데 장계를 훨씬 지나 장수를 지나고 보니 남원 가는 길이 나왔다.

등단하고 나서 여기 저기 문예지에 어쩌다 단편을 한 둘 실었을 뿐, 눈에 띌 만한 작품을 발표하지 못했는데도 불구하고 아버님은 나에게 작가 대우를 깍듯이 하시면서 고개 마루를 넘을 때마다 "이렇게 큰 고개는 이름이 있을낀데……." 하시며 고개 이름이 쓰인 팻말을 볼 수 있도록 차의 속도를 줄이는 배려를 잊지 않으셨다.

그래서 나는 싸리재, 솔재, 집재, 또 싸리재 순서로 수첩에 적어 놓았는데, 이상하게도 길을 잃고 나서 지나가는 사람들이 손가락질로 가리키는 대로 가다 보니 자꾸 두 개의 싸리재 근처를 배회하게 되었다. 그러다가 고개 마루에서 내려다본 장계가 짙은 안개에 싸여 있었기 때문에 장계를 지나면서 표지판을 제대로 보지 못한 것이 길을 잃게 된 원인이라는 생각이 들었다. 장계에서 육십령 고개로 접어들어야 할 것을 너무 많이 지나쳐갔던 것이다. 오던 길을 되짚어 가면서 길가에 지나가는 아낙들에게 몇 번씩이나 길을 물은 후에 다행히도 육십령 고개를 찾아 오를 수 있었다.

"여기가 전에는 장정 육십 명이 모여서 함께 넘어야 무사했다는 고개다."

"산적이 많아서 그랬을까요?"

"물론 그런 것도 있겠지만 워낙 산이 험한데다가 사나운 짐승이 많아서 그랬을 거다."

그야말로 어디를 둘러보아도 산세가 험준한 산들이 병풍처럼 둘러싸고 있는 오지중의 오지였다. 함양, 산청 어디 있는 줄 알면 조선 팔도 다 안다는 말이 새삼 살갑게 다가왔다. 육십령 고개를 내려서자마자 눈앞에 펼쳐지는 산이 남덕유산이라고 했다. 아버님은 육이오 전쟁 때 그 산에서 이십여 일을 숨어 지냈다는 케케묵은 이야기를 다시 끄집어 내셨다. 개평에서 인민군이 한참 득세를 하고 동네 빨갱이들이 더 무섭게 나대자, 아버님은 집안의 같은 또래와 함께 산으로, 산으로 해서 남덕유산 자락을 끼고 들어앉은 마을로 시집간 사촌 누이네 집으로 피난을 하였다. 사촌 누이는 난감한 표정을 지었다. 매형이 서상면장으로 있다가 인민군 무슨 위원장인가 감투를 쓰고 있었으니 인민군을 피해서 인민군 위원장 집으로 은신을 하러 온 사촌 처남들을 처리하기가 곤란했던 것이다. 만일에 이 일이 발각되는 날에는 그 집안도 무사할 리가 없었다. 그 때 누이의 시아버지가 망설이는 누이를 가로막고 나섰다.

"아무리 세상이 뒤숭숭하지만 우리 집에 숨겨야제. 들켜서 죽을 때 죽더라도 어디 양반 가문에서 집안 식구를 나 몰라라 할 수 있느냐? 사촌이면 한 집안 식구인기라. 며느리 사촌이라 캐도 우리 집을 믿고 왔으니 우리가 데리구 있어야 옳다."

그래서 아버님은 새벽 미명에 주먹밥을 싸들고 남덕유산 자락에 숨어 있다가 밤이 되면 살금살금 내려와서 외양간에다 짚을 쌓아 놓고 송아지 뒤에서 웅크리고 쪽잠을 잤다고 했다. 그렇게 한 달 쯤 버티고 있을 동안 눈치 빠른 그 동네 사람들이 짐작을 했을 법도 한데 그 누구도 그들을 밀고하는 사람이 없었다. 그렇게 해서 몸을 숨기고 있다가 인민군이 물러가고 나서 무사히 개평으로 돌아왔다는 이야기다. 물론 그 매형은 전쟁이 끝나고 혼이 나기는 했지만 어쩔 수 없이 인민군에게 협조하였다는 여론에 힘입어 무사하게 몸을 보존할 수 있었다.

나는 적당히 예, 예 대답을 하면서 자동차의 속도만큼 뒤로 달아나는 경치들을 놓치지 않으려고 창밖에 눈길을 주고 있었다. 아들은 아예 내 무릎을 베개 삼아 누워 단잠이 들었다. 그러는 동안에 차는 비탈길을 미끄러지듯 내려가서 농월정을 지나고 있었다. 오랜 세월을 흘러 온 물살로 반들반들하게 닳아진 바위 사이에는 구슬처럼 맑은 물이 흘러 내려가고 곁에는 아름드리나무가 드문드문 서 있어 운치를 더했다. 옛사람들의 풍취를 아련히 느끼게 해주던, 버팀목을 받쳐 놓았던 고아한 정자는 지금은 불에 타서 없어지고 말았다. 농월정을 지나오면서 부터 시냇가에 반질반질한 돌멩이들과 소나무 그리고 자그마한 정자와 밭 가운데 서 있는 사당들이 자주 비쳤다.

그동안 모 대통령의 원래 고향이었다는 새들 마을을 지나고 구평 마을과 추하 마을이라고 쓰인 팻말들이 스쳐갔다.

"새들 전가들이 원래 잘 살았단다. 그런데 냇가의 어느 소나무던가, 하여간 그 소나무 때문에 집안 간에 싸움이 붙어서 송사(訟事)하는 일로 집안이 망하게 되었더니라. 그래서 고향을 떠서 합천으로 가게 된 게야."

모두 겉보기에는 평화로운 별천지에 있는 듯이 보였다. 추하 마을을 지나서 산굽이를 돌아가면서 아버님은 산모퉁이의 시냇가에 예전에는 십여 호 되는 마을이 있었는데, 태풍 사라호가 그 마을의 흔적조차 없애버렸다는 이야기를 해 주셨다.

"이런 산골에 태풍이 불어요?"

나는 좀 의아해서 물었다.

"밤사이에 비가 많이 오니까 시냇가의 물이 엄청나게 불었단다. 당시에는 물이 넘치면 집들이 떠내려가거나 무너지게 되었어. 그런데 이상한 것은 기와집에 사는 사람은 다 죽고 초가집에 살던 가난한 사람만 셋이 살아났어. 왜 인고 하니, 비가 많이 오니까 기와집은 무너졌는데 초가의 새끼와 짚은 물에 불어서 오히려 틈새가 없이 꽉 막혔단 말이야. 그래서 초가지붕이 배처럼 물 위에 떴고, 그 지붕 위에 올라가서 떠내려 오다가 구조되었다는 거야."

아버님은 아마 요즘 세상에 태어나셨으면 소설가가 되지 않았을까 싶을 정도로 이야기를 잘 기억하고 또 잘 하셨다. 안의로 들어서자 아버님은 나를 위해 일부러 시냇가에 정자나무가 늘어서 있는 옛길로 찾아 들어가셨다.

"시간이 있으면 너를 데리고 그 골목을 찾아서 보여 줄 텐데, 우선 이 근방이라는 것을 알아두거라. 이 근처에 보면 양쪽이 다 돌로 쌓여진 골목이 있어. 그 골목은 출구와 입구만 있고 중간에 다른 길이 없는 기다란 막힌 골목이다. 그게 바로 동학란 때 안의 현감이 동학군을 그리로 몰려들도록 유인을 해서 양쪽 입구를 막고 골목 양옆으로 군사를 배치해서 동학군을 돌로 다 쳐 죽였다는 골목이다. 그래서 동학군의 기세가 한풀 꺾였지. 안의 현감이 나라에 큰 공을 세운 곳이지."

나는 돌에 맞아 죽었다는 동학군의 말로가 비참해서 섬뜩했으나, 공무원으로 일생을 마치신 아버님의 눈에는 민중보다는 국가가 먼저여서 안의 현감을 상당한 애국자로 여기고 있었다. 견해 차이가 났지만 입을 다물었다. 한 때는 욕을 하던 야당 당수가 대통령이 되어도 아버님은 언제나 변함없이 여당 편이었기 때문이다.

저만치 둔덕에서 아버님이 나에게 손짓을 하는 것이 언뜻 보였지만 발걸음이 가볍지만은 않았다. 망건을 쓴 노인들이 웅성웅성 앉거나 서 있는 언덕 위로 올라갈 용기가 선뜻 나질 않았기 때문이다. 하지만 여기까지 온 이상 시제를 지내는 모습을 보아야 했기에 주머니에 카메라를 만지작거리며 아이를 앞세우고 천천히 언덕을 올라갔다.

만나는 사람마다 무조건 고개를 숙이면서 언덕에 이르자 아버님이 다가와서 카메라를 가지고 왔느냐고 물었다.

"내가 어르신들에게 양해를 구했더니 대찬성이시다. 젊은 사람들이 배워야 한다며 사진도 찍으라고 하더라. 내가 가까운 집안 몇 분에게 인사를 시킬 터이니 따라 오거라."

그래서 설명을 들어도 잘 알지 못하는 노인들에게 고개를 깊이 숙여서 인사를 드렸다. 짐작대로 서울에서 버스가 도착을 하지 않아서 기다리고 있다며 노인들은 삼삼오오 짝을 지어 햇볕을 받고 앉아 이야기를 나누고 있었다.

"서울 사람들이 시제 시간에 맞춰서 서둘러 와야지, 우리가 사람을 기다리느라고 제사 모시는 시간을 늦추다니 말이 안 되지."

어떤 노인이 서울 사람들을 기다리느라 제사를 늦추고 있는 처사가 못마땅하다는 듯이 볼멘소리를 했다.

"그래도 버스에 자리가 비니까 조금 더, 조금 더 하고 기다리다 보니 늦어지겠지. 요새 교통도 많이 막힌다고 안합디까?"

또 다른 노인이 그 노인에게 이해를 하라는 듯이 다독거렸다.

"그런데 새미 아제는 와 안보이제?"

"오늘이 그 동네 수매하는 날 아닙니까? 오늘 못하면 나락을 집에서 썩쿠게 생겼다요. 일찍 끝나면 되는대로 온다고 했습니다."

노인들의 이야기를 들으며 나는 산소를 등지고 언덕 비탈에 반쯤 내려와 걸쳐 앉았다. 개구쟁이 아들 녀석도 노인들이 많고 분위기가 심상치 않아서인지 나대지 않고 내 옆에 붙어 강아지처럼 길게 누워서 햇빛을 받고 있었다.

"섭이가 서울 가서 돈을 많이 벌었다지? 아무개는 빌딩을 샀다 하데."

"가구 회사 사장 안 있나? 그 이가 이번에 통나무 제상 두 벌하고 제기를 기증한다 하데."

"하모, 일찍 고향 떠난 사람들은 모두 돈을 많이 벌었는기라. 이렇게 우두커니 고향 지키고 있는 우리들이나 살기가 힘들지."

"그래도 우리 같은 노인들은 시골이 좋아. 서울에 가서 답답하게 뭐 할 것이요? 살날도 얼마 남지 않았으니 사는 날까지 여기서 살다가 조상들 발치에나 고이 묻히면 다행이제."

"그나저나 젊은 사람이 이렇게 없어서 앞으로는 누가 조상을 섬길지 걱정이구만."

이런 저런 말들이 등 뒤에서 울렸다.

마침내 버스가 도착했다. 머리는 희끗하지만 양복을 잘 빼입은 할아버지 이십여 명이 차에서 내려서 언덕을 향해 걸어오고 있었다. 개중에는 오십대 아저씨들도 있고 카메라를 메고 비디오를 찍는 약간 젊은 축의 중년 아저씨들도 눈에 띄었지만 여전히 여자는 나 혼자에다가 아이라고는 하종이 한 놈 뿐이었다. 어떤 할아버지는 하종에게 다가 와서 "네가 제일 젊은 제관이구나." 하며 머리를 쓰다듬어 주셨다.

시제는 종손이 푸른 갑사 옷에 붉은 띠를 매고 의관을 갖추고 역시 푸른 제복에 푸른 띠를 띤 초혼관과 아헌 그리고 띠를 매지 않고 미색 의관을 갖추어 입은 집사 두 사람이 묘 앞에 서고 나머지 자손들이 줄줄이 시립한 가운데 시작되었다.

"자손 일동. 안경 벗고, 신발 벗고 준비하시오."

초혼관의 구령에 따라 노인들은 신발을 옆에 벗어두고 안경을 빼서 주머니에 넣었다.

향을 올리고, 복흥제배가 있고, 술잔을 올리고, 집사가 제잔을 하는 의식이 초혼관의 구령에 따라 일사불란하게 진행

되었다.

"자손 구복"

초혼관의 구령이 둔덕의 산소 위에서 아래 골짜기로 길게 퍼져 나가자 서 있던 두루마기 차림의 촌로들과 양복 차림의 노인들이 일제히 땅에다 이마를 대고 세 번씩 엎드렸다.

그리고 나서도 몇 차례 술잔을 올리는 의식이 거행되고 나서 묵념의 순서가 있었다. 나는 실례가 되지 않을 정도로 카메라 셔터를 누르면서, 파가 다르고 아주 가까운 집안도 아니며 또 여기 저기 흩어져 살고 있는 저 노인들을 응집시키는 힘이 과연 무엇일까 하는 생각에 골몰했다.

현대인이라고 자부할 만한 나의 눈에는 젊은 사람들이 외면하는 이러한 풍습에 집착하는 노인들이 어차피 질 싸움에 참전하는 용사들처럼 비감하게 보였다.

아버님은 족보 중에서 직계 조상의 묘의 위치가 그려진 부분을 복사해서 그것을 내게 건네주었고 일일이 가르쳐주시는 성의를 나타내셨다.

"전에는 이 산의 날망을 따라 가면서 제사를 지냈단다. 이 산에도 십여기의 묘가 있고, 뒤편이나 맞은편 산등성이를 따라서 시제를 모셔도 하루 종일이 걸리는 일이었느니라. 시제 지내는 날은 떡 얻어먹으려고 온 동네 아이들이 개미떼처럼 몰려들었는데 오늘은 우리 하종이 한 놈밖에 없구나. 전에는 산소마다 찾아다니면서 지냈는데, 요사이는 음식을 나를 사람이 없어서 여기 송제공 묘소에서 시제를 모시고, 옆의 김진사 제단에서 간단히 제사를 지낸 다음에 나머지는 한번에 밀몰아서 제각에서 지낸단다. 예전에는 제수를 장만할 돈이 없었는데 요새는 돈이 없어서가 아니라 제수를 나를 사람이 없단 말이야."

아버님은 씁쓸한 표정이었다.

"그런데 김진사댁 제사를 왜 우리 집안에서 지내나요?"

나는 노가들 제사 지내는데 웬 타성이 끼었나 궁금해서 묻지 않을 수 없었다.

"한마디로 하면 외손봉사(外孫奉祀)하는 셈이지. 그럴만한 사연이 있단다."

족보상으로 보면 9세조 할아버지가 되는 송제공 어른의 본 이름은 숙동(叔仝)이며 호가 송재(松齋)이다. 이 어른은 태종 3년 계미 3월 임진생으로 창원에서 출생하셨다고 한다. 가세는 가난했지만 책을 읽기를 즐겨 했던 그는 이십 오세의 청년이 되자 창원에서는 더 이상 자신의 학문이 발전할 수 없음을 안타까워 했다. 그래서 고민 끝에 괴나리봇짐을 메고 학문을 더 깊이 배울 수 있는 큰 고장을 찾아 길을 떠났다. 배가 고프고 먼 길에 지친 그가 함양 개평 마을 앞의 야산에서 쓰러져 잠들어 있을 때, 마침 그 마을의 김진사도 잠깐 낮

잠이 들었다. 김진사의 꿈에 청룡 한 마리가 온 산을 두루 휘감는데 정한 기운이 산에 서리서리 스며들었다. 아들이 없이 외동딸 하나만 두어 근심이 많던 김진사는 꿈에서 깨자마자 집안의 하인들을 모조리 불러 모아 명령을 내렸다.

"너희들은 이 앞산을 이 잡듯이 뒤져서 사람은 말할 것도 없고 아무리 미물이라도 생명이 붙은 것은 무엇이라도 좋으니 해치지 말고 어떻게 하든지 집으로 모셔 오너라."

진사댁 하인들은 산에 당도하여 양지녘에 쓰러져 잠든 거렁뱅이 총각을 발견하자 불문곡직하고 그를 떠메어 집으로 데려 왔다. 그 총각은 영문도 모르는 채 낯선 집에 끌려오게 되어 봉변을 당하리라 생각했지만 뜻밖에도 진사댁에서는 그에게 목욕을 시키고 새 옷을 내주며 외동딸의 사위가 될 것을 간청했다.

그 날부터 그는 개평 마을에 거주하게 되었고 처가댁의 덕으로 먹고 입는 걱정 없이 학문에 몰두해서 세종 9년인 1927년 친시문과에 급제하면서 벼슬길에 나가게 되었다. 그는 벼슬길에 나간 후 집현전의 지제교를 지내면서 『치평요람』의 편찬에도 참여하고 대사헌 등의 요직을 거쳐 동지중추원부사까지 이르렀다. 그러나 무엇보다도 집안에서 자랑으로 여기고 있는 것은 그가 청백리였다는 점이다. 아마도 예전부터 가난하게 살았던 풍천 노씨 문중에는 이보다 더 큰 위로가 없으리라 생각한다. 그 분은 함양의 도곡서원에 배향되었는데, 가난하던 후예들은 청백리 집안이라는 자부심으로 그들의 가난을 미화하고 허리띠를 조이며 견디는 힘을 거기에서 부터 길어냈던 것으로 보인다.

송제공 할아버지께서 후세에 유언으로 남기신 것이 '내 제사를 지낸 후에는 바로 장인 장모의 제사를 지내주라' 는 말씀이어서 자손들은 무덤은 찾을 길 없지만 '경주 김공과 하동 정씨 부부의 제단' 을 만들어 놓고 외손들이 해마다 제사를 지내드린다고 한다.

그 제단에서 간단히 제사를 드린 후에 면족간들은 우선 자신의 직계 조상 묘에 성묘하기 위해 근처 산 속에 드문드문 자리 잡고 있는 산소들을 향해 떠났다. 남은 몇몇 일행은 제각으로 내려가는 길가에 있는 몇 개의 산소에 들러 성묘를 하였다.

"젊은 양반, 이리 와서 내 말 좀 들어 보소. 요새 젊은 사람들 자기 앞가림 잘 하는 것도 좋지만, 조상을 섬기고 부모에게 효도할 줄도 알아야 하는 기라. 물론 자기가 들어 앉아 지내는 방도 중요하지만, 집에는 우선 마당이 있어야 방안이 있는 것 아니가?"

깡마른 할아버지는 온 얼굴에 물결처럼 주름을 접으며 웃어 보였다.

"자, 이리 와 보래이. 여기 모신 분이 누군고 하니 지금 방금 제사 모시고 온 송제공 양반의 둘째 아들인 우명공의 묘라. 그 분은 교리공과 우명공, 이렇게 두 분 아들을 두셨는데 둘째인 우명공이 먼저 세상을 버렸는기라. 그래서 형인 교리공이 이 묘자리를 동생에게 준거야."

"네, 그러셨군요."

나는 먼저 죽은 사람이 먼저 묻히는 것이 당연한 도리이지 싶어서 건성으로 대꾸를 했다.

"그게 그렇게 간단한 문제가 아니야. 그 당시 큰 아들 권세가 얼마나 대단했노? 이 자리가 자손이 번성한다는 명당이었다는 거야. 그런데 먼저 죽은 동생한테 이 좋은 자리를 양보하고 그 양반은 햇빛도 잘 안 드는 뒤편에 묻혔거든. 그래서 그런지는 몰라도 지금 우리 노가들의 구할 정도는 이 동생인 우명공의 자손인기라. 그냥 흘려들을 이야기가 아니여. 그 형제간의 우애가 얼마나 극진했는가, 요새 사람들이 새겨들어야 하는기라."

"네, 알겠습니다. "

"그리고 이 우명공의 아들이 또 둘이 있는데, 누군고 하면 바로 경암공과 문효공이야. 그 문효공이 우리 집안에서는 젤로 장하게 된 양반이지."

나는 그 문효공이라는 분이 도대체 뭘하던 분인가는 나중에 따져 보기로 하고 앞서 내려가는 진밤색 두루마기 자락을 따라 제각으로 향했다. 오솔길을 따라 내려가는데 아버님이 걸음을 멈추고 뒤를 돌아 보셨다.

"에미야, 우리 어릴 때는 이런 좁은 길은 무서워서 못 다녔다."

"문둥이라도 살았나요?"

나는 어렸을 때 외진 곳에 문둥이가 숨어 살다가 아이들을 잡아 간을 빼먹으면 성한 사람이 된다는 말을 많이 들어서 아무 생각 없이 그렇게 물었다.

"아니, 이리 좁은 길을 지날 때는 귀신이 나올까봐 무서워서 간이 오그라들었다."

"귀신이 나와요?"

"너, 그거 모르는구나. 어른들 말씀이 처녀, 총각이 결혼을 하기 전에 죽으면 원한이 맺혀서 귀신이 되어서 나온다고 했거던. 왜 몽달귀신이라는 말이 있지 않니? 그래서 처녀, 총각이 죽으면 얼굴에 체를 씌어서 이렇게 아주 좁은 길에다 묻었단다."

"길에다 묻어요?"

"그래, 귀신이 되어서 나오려면 체의 구멍을 다 세어야 나올 수 있다는 말이 있었어. 그런데 이렇게 좁은 길에다 묻어

놓으면 지나가던 사람 누군가 시체를 밟게 되지. 그러면 귀신이 깜짝 놀라서 어디까지 세었는지 잊어버린단다. 그러니까 다시 처음부터 세어야 하고, 한참 세다 보면 누군가 또 지나가면서 밟고 그러면 또 잊어버리고. 결국 귀신이 되어 나올 수가 없는 거지."

"귀신도 놀란다니 상당히 재미있는 이야기네요."

"그래, 우리 어릴 때, 정말로 처녀 총각이 죽으면 얼굴에 체를 씌워서 좁은 길에다 묻었다니까. 하지만 좁은 길 어디에 묻혀 있는지를 모르니까 길을 가면서 어찌나 무서웠던지 머리카락이 다 일어섰지."

단청이 다 벗겨진 것인지 아니면 처음부터 없었던 것인지, 빛바랜 기둥은 제각이 오래 되었다는 것을 드러내 보이고 있었다.

홍살문을 세울만큼 정승 반열에 들지 못해서 제각의 대문에는 태극 모양 혹은 겹 동그라미 안에 네모, 그리고 그 안에 또 동그라미가 들어 있고 8칸으로 나뉜 그림들이 그려 있었다. 아니면 가운데 조그마한 태극 문양이 들어 있는 튤립 모양의 그림도 걸려 있었다.

마당 한 편에는 피가 뚝뚝 떨어질 것 같은 단풍나무 한 그루가 햇살에 투명하게 비쳐 붉은 색으로 타오르고 있었다.

그 밑에 어느 노인이 진회색 중절모를 하나 벗어 놓았다. 갑자기 그 모자가 시간을 멈추게 한 듯이, 영화 속의 고정된 화면처럼 모든 호흡이 정지되었다. 가끔 바람에 단풍잎이 하나씩 느리게 회전하며 그 위로 내려앉아서 지금의 장면이 정지화면이 아니라고 살랑여 주었다.

제각의 본채는 가운데 대청을 중심으로 양옆으로 방이 하나씩 있었다. 마루의 대들보에는 글을 빼곡히 적어 놓은 현판들이 돌아가며 걸려 있었건만 그 글을 읽지 못하는 까막눈이 한스러울 뿐이었다. 얼마나 많은 시와 문장이 자손들의 무지함으로 사라져 가고 있는가.

양쪽 바람벽에 목이 좁은 오래 된 항아리가 놓여 있었고 불을 지피는 아궁이 곁에는 지금은 용도가 다한 듯 풍로가 고무줄에 칭칭 묶여 있었다. 세월이 적어도 오십년은 뒤로 가버린 풍경이었는데 나는 이상하게도 이 먼지가 케케묵은 제각에서 본향에 온 듯이 마음이 차분히 가라앉고 있었다. 아버님이 시제를 모시러 다니는 것도 어린 시절의 향수나 사찰 뒷마당에 앉아있는 듯한 고즈넉함을 위해서인가. 너무나 시끄러운 세상과는 동떨어진 무엇인가가 분명히 있기는 있었다.

제군들이 거의 다 모여들자 마당에는 멍석대신 파란 비닐이 깔렸고 제사 지내는 조상이 호명될 때마다 가장 가까운 자손들이 대청으로 올라가 예복으로 갈아입고 절을 했다. 마당에 남아 있던 자손들은 두런두런 모여 이야기를 나누다 "자손 일동 제배"라는 구령이 나오면 황급히 옷깃을 여미고 엎드렸다. 한 할아버지가 우리 곁에 다가 오셔서 하종이의 손을 잡아 보셨다. 웬만한 분들은 거의 다 칠십이 넘으셔서 구릿빛 얼굴에 주름이 깊게 골을 이루고 있었다. 어느 집의 어느 어른인지는 몰라도 아이 손을 잡아 보시고는 내 주머니에 유자를 한 개 넣어주셨다.

아버님도 푸른 갑사 옷을 입고 푸른 띠를 매고 마루 위로 올라가서 한 제사를 담당하고 내려 오셨다. 오늘 아버님은 대단히 만족하신 표정이고 손자까지 데리고 왔다는 자부심으로 표정이 밝으셨다. 그 많은 노인들 중 어느 누구도 자식과 동행한 사람이 없다는 것이 마음에 걸렸다.

제각 아랫집에 살면서 산소도 관리해 주고 문중의 논을 부치고 있다는 묘지기 아내와 다른 동네 아주머니 한 분이 큰 함지에다가 손바닥만큼 길쭉길쭉하게 잘라서 접시에 올려놓았던 절편을 걷어 내가는 것으로 보아 제사는 거의 다 끝나가는 듯 했다. 시간은 이미 오후 세 시가 넘어 있었다.

"자손들이 와야 하는데……, 늙은이들만 이렇게 시제를 모셔서는 안되는 긴데……."

장탄식 소리가 여기저기서 들려 왔지만 정작 그 어느 누구도 자식과 동행하고 있는 노인은 없었다. 가까운 친척들이 농촌에 모여 살 때나 시제를 지내는 것이 가능한 일인 듯 싶었다. 이제 친족이 중심이 되는 사회가 무너지면서 시제의 운명도 종착역을 향해 가고 있음을 느낄 수 있었다. 저물어 가는 시대의 마지막 열차를 타고 있는 저 노인들은 자신들이 시제를 지낼 마지막 세대라는 사실을 어쩌면 확연히 알고 있지 않을까. 그래서 남은 정성을 마지막으로 외롭게 쏟고 있는 것은 아닐까.

아까 작두에다 썰던 떡이 가마솥에서 떡국이 되어 나오고 있었다. 모든 사람이 닭을 삶은 물에다 떡을 넣고 끓인 떡국을 한 사발씩 받아 들고 상도 없이 마당에 펼쳐진 파란 비닐 위에 자리를 잡았다. 삶은 돼지고기와 김치 그리고 부침개가 여기저기에 놓여졌다.

몇 시간 동안 밖에 있다 보니 온몸에 한기가 달려들던 차에 닭 국물을 우려내서 끓인 그 따뜻한 떡국은 별미였다. 만일 사양했더라면 후회할 뻔 했다. 비디오를 멘 아저씨는 막걸리를 한 사발 들이킨 후라 눈가에 붉은 기가 돌았다. 그 아저씨는 묻지도 않았는데 나이가 환갑이 넘었다면서 이야기보따리를 풀었다.

"나는 처음으로 시제에 따라왔거든. 그런데 정말 좋단 말이야. 사실 나는 이 함양 땅에는 죽을 때까지 오지 않으리라고 결심을 한 사람이야. 어렸을 때 너무 가난했거든. 내가 이 마을을 떠날 때는 정말 배가 고팠어. 그래서 다시는 이쪽은 돌아보지도 않으리라고 결심을 하고 떠났었단 말이야. 청백리도 좋지만 너무 가난했어."

아저씨는 눈시울을 붉히며 이야기를 그치고는 음식을 권했다.

"어떤 놈은 조상을 잘 만나서 농사짓던 땅이 금싸라기가 되어서 떵떵거리고 사는 사람도 있잖아. 애초에 이런 외진 골짜기에다 터를 잡지 말고 서울 명동이나 하다못해 잠실, 아니면 요새 그 신도시 같은 데다 터를 닦고 살았으면 자손들이 지금쯤 떵떵거리며 살았을 거 아니야. 하필이면 농사지을 땅뙈기 하나 변변한 데 없는 이런 구석에다 터를 잡을 게 뭐냔 말이야. 나는 그래서 넓은 데로 나가기로 했지. 고생도 숱하게 했지만 그래도 그 때 이 고장을 떠났으니까 지금 밥이라도 먹고 살게 된 거 아니야?"

"아저씨는 어디에다 터를 잡으셨어요?"

"처음에는 용인으로 갔었어. 안 해본 일이 없을 것이네. 그러다가 점점 올라가서 지금은 서울 정릉에 살고 있지. 딸 둘은 대학을 졸업했고, 아들은 있지, 왜 외국어 고등학교라고? 거기서 반에서 일 이등을 다투다가 명문대학을 들어갔단 말이야. 지 애비는 중학교 문턱도 못 가봤지만 내 자식들은 대학을 갔단 말이지. 집도 사고, 땅도 사고, 말하자면 나는 성공을 한 셈이지. 그런데 이상하게도 자리가 잡히니까 이놈의 고향 생각이 나는 거야. 여기에 아무도 남아 있질 않는데도 말이야. 내가 몇 년 전에 뇌수술을 받았거든. 그 때부터 더욱 이 동네가 생각나는 거야."

아저씨는 술기가 거나하게 오르자 머릿속에 수술 자국을 헤쳐 보여서 나를 잠시 당황하게 만들었다.

"사실, 동리에는 들르지 않았지만 몇 년 전에 어머니 모시고 산소에 와서 성묘는 했었어요. 어머니가 돌아가시기 전에 조상들 묘에 성묘를 하고 싶다고 해서 말이지. 이제 아들도 크니까 집안에 족보 하나 옳게 없는 것도 창피하더군. 그래서 고향 사진을 찍어서 자식들에게 보여줄 마음으로 비디오를 가지고 온 거야. 그리고 어르신들에게 우리 조상들의 무덤 위치라도 물어 볼까 해서 이걸 가지고 왔네."

아저씨는 주머니에서 작은 수첩만한 종이책을 꺼냈다. 거기에는 한자로 그의 칠대조부터 산소의 위치며 내력들이 간단히 적혀져 있었다. 말이 나온 김에 아저씨는 일어서서 누가 문중의 역사를 가장 잘 아는 어르신인가 묻더니 그걸 가지고 그 분에게 다가갔다. 그 어르신은 풍을 맞아서 한 쪽 어깨를 쓰지 못하신다며 그 가첩을 받아 들었다.

"자네 칠대조 어른의 무덤은 옥동에 있구먼."

"예, 옥동 어딘가라고 들었습니다."

"그러면 그동안 찾아보질 않았던가?"

"고향 떠난 지가 원체 오래 되어서요."

"하마, 묵메 되었겠다. 이리 되면 못찾을낀데."

"당장 꼭 찾으려고 하는 것은 아닙니다. 그래도 나중에 자식들에게 뿌리는 어디라고 가르쳐 줘야겠기에……"

둘러 선 사람들은 고개를 끄덕였다.

"여기도 고속도로가 뚫리고 신작로도 새로 나서 지형이 많이 바뀐기라. 어떤 자손들은 냉수 한 사발 떠 놓지 않다가도 묘소가 도로에 들어간다고 보상금을 타가라 카면 어디서 금시에 나타나는 사람도 있고, 사람이 아롱이 다롱이라카더니 참말로 가지 각색인기라."

누군가가 볼멘소리를 했다. 시제를 지낸다고 하루만 우르르 몰려 내려 왔다가 가버리는 서울 양반들에게 꼴눈을 뜨고 있던 어느 시골 양반의 불평이었다.

문득 이 자리에서 비교적 젊어 보이는 환갑의 아저씨는 막차의 맨 뒤 칸에 앉았다는 생각이 들었다. 그러면 나는 어디에 있을까? 떠나는 열차를 배웅 나와 플랫폼에서 손을 흔들고 있는지 모른다. 시아버님은 배웅 나온 것만으로도 저렇게 고마워하고…….

식사를 마치자 제각 한 편에서 음식을 장만하던 중년의 남자 몇이서 분주하게 음식들을 나누어 싸고 있었다. 모두들

한 사람 앞에 두 개씩 받아 가라고 해서 사람들이 그 주위로 웅성웅성 모여 들었다. 촌로들이 까만 봉지 두 개씩 타가지고 돌아 나오고 있었다.

"안 온 사람까지 걱정할 거는 없습니다. 여기에 오신 분들은 빠짐없이 제수 음식을 가져가십시오."

나는 그 음식을 받을 생각조차 없었다. 그런데 할아버지들이 자꾸만 손짓을 해서 부르셨다.

"자부도 받아야제."

"전 괜찮습니다. 아버님이 받으셨을 거예요."

"아버지는 아버지고, 염불도 몫몫이라는데 시아버지는 시아버지고 며느리는 며느리 몫이 따로 있는기라."

어떤 할아버지가 거들고 나섰다.

"맞아. 그리고 아들 녀석도 이리 데리고 오래이."

음식을 싸던 중년 남자가 하종이를 눈짓으로 가리키며 말했다.

"하모, 어리다고 제관이 아닌가? 앞으로 이놈들이 자라서 이 일을 물려받아야 할낀데. 너나 나나 모두 그 일이 걱정인기라. 요새 어데 자식놈들이 부모 말을 듣나?"

굳이 사양하는 나에게 까만 봉지 두 개가 전해졌고 하종에게도 어른들과 똑같은 봉지 두 개가 주어졌다. 나중에 살짝 열어보니 한쪽 봉지엔 굳은 인절미 한 도막과 사과 한 알 부침개 몇 개가 들어 있고 다른 봉지엔 덜 익어서 피가 비치는 생선 한 토막과 손바닥만한 삶은 돼지고기 한 조각이 들어 있었다.

아버님은 이상하게 산소를 중시하고 제사에 집착했다. 당신이 종손도 아니며 또 혼자만 자손이 아닌데도 열일을 다 제쳐두고 돈이며 정성을 거기에다 쏟고 있었다. 당신 자식들에겐 생일날이 닥쳐도 그 흔한 선물 한 번 해주는 일이 없고, 어머니께 옷 한 벌 해 입으라고 선심 쓰는 일이 없건만 꼬박꼬박 저축해 둔 돈을 몇 백 만원이 되었든지 집안의 제사 일이나 비석을 해 세우는 일에는 선뜻 내놓았다. 그래서 집안 어른들 중에는 자기들이 돌보아야 할 산소까지도 은근히 아버님께 밀어붙이고 있는 얌체들도 있었다.

그런데 시제에 참여하면서 약간의 궁금증이 풀려가고 있었다. 송제공의 자손 중에서도 여러 갈래가 내려오는데 그 중에서도 우리의 직계는 선조 때의 노 진 할아버지라고 했다. 그 할아버지는 얼마나 효성이 지극했던지 중앙에서 벼슬을 주고 부르면 잠시 관직에 있다가 늙으신 노모를 모시는 일 때문에 마음이 편치 않아서 이 핑계 저 핑계를 삼아 다시 고향에 내려오곤 했다. 그 효성에 감복한 선조 임금은 시조를 지어 주었다.

"오면 가려 하고, 가면 아니 오네.
오노라 가노라니 볼 날이 전혀 없네.
오늘도 가노라 하니 그를 슬퍼하노라."

임금은 시조를 지어 은쟁반에다 담아서 하사했고 그 시조가 초등학교 책에 실려 있다고 아버님은 자랑스레 말씀하셨다. 거기에다가 한 술 더 떠서 아버님이 대학에 다닐 때 유명한 국문과 교수가 작자 미상이라는 춘향전이 아마도 노진의 작품일 거라는 말을 한 적이 있다고 덧붙였다. 어머니가 이야기책을 좋아하기에 한양에 가면 꼭 사다 드리기로 했는데 정사에 바빠서 약속을 지키지 못한 노진 할아버지가 어머니에게 드리려고 밤을 새워 책을 썼다는 이야기가 개평에 내려오고 있는 것으로 보아 아마도 그 설이 맞을 것이라고 하시며 한번 밝혀 볼 의향이 없느냐고 내게 은근히 묻기도 하셨다. 안타까운 것은 자손들이 그 많은 책들과 문집들을 불쏘시개로 써버려서 그것을 밝혀내기가 힘들다는 점이었다.

"예나 지금이나 자손이 삼대만 무식하면 그 집안은 그만 쑥밭이 되는기라."

그런데 아버님의 대에서 제사가 끊어지고 말았다. 종가집의 종부인 큰집 할머니께서는 육이오 때 자식을 둘이나 잃어버리고 생활이 곤란해지자 과감하게 제사를 끊어버렸다.

"그 까짓 귀신 섬겨 봤자 집안에 좋은 일이 어데 있노? 만약에 제사를 안 섬겨서 집안에 안 좋은 일이 생긴다 해도 이제 과부 셋밖에 잡아 갈 거이 뭐 있겠노? 귀신더러 잡아 갈 테면 나를 잡아가라고 해라."

일년에 열 번씩 지내던 제사를 끊어버린 할머니는 성경책을 들고 교회에 나가기 시작했다. 그 할머니는 구십이 넘도록 살다가 돌아가셨고 종손으로 남아 있던 손자는 미국으로 이민을 떠난 지 오래여서 사실상 집안에 제사가 끊어졌었다. 종부 할머니의 서슬에 먼족간에서도 아무 말 않고 있더니 근자에 들어 아버님을 향해 조상을 걸행시킨다느니, 종손이 없으면 지손이라도 대신하라느니 압력이 심심찮게 들어오고 있었다. 아버님은 당신이 살아 생전에는 제사를 모신다지만 당신이 세상을 버리고 나면 또 제사가 끊어지게 될 것을 염려하셨다. 그래서 얼마 되지 않는 유산이지만 제사를 지내는 사람에게 물려준다고 운을 뗐지만 아무도 재산을 탐내는 것 같지 않았다. 돈보다 신앙을 택한 자식들과 제사 때문에 불편한 관계였고, 아버님은 훗일의 걱정으로 편할 날이 없었다.

그래서 시제를 지내러 내려온 김에 노진 할아버지의 직계 손들이 조촐하게 상을 차려 제사를 모시기로 했던 것이다. 제수는 아버님이 장만해 왔다고 해도 함께 산에 가 줄 사람이 두 분 노인밖에 없었던 것이다. 노인들은 잔디가 죽어서 황토가 벌겋게 드러난 흙 위에다 신발을 벗어두고 주머니에서 꼬깃한 망건을 꺼내 쓰고 제사를 모셨다. 나는 아이와 함께 먼발치에서 구경만 하고 있었다.

"이것도 우리 죽으면 끝이라."

한 할아버지가 한숨을 쉬었다. 노인 셋이서 산소 앞에서 음복을 한다고 술을 한잔씩 돌렸고 아버님은 나에게 오징어 발을 건네주었다.

"사실 이게 요즘 세상에는 다 소용 없는 짓이지."

다른 할아버지가 중얼거렸다.

"느이 어머니, 아버지 산소는 아직 고향으로 안 왔제?"

"네, 너무 멀어서 서울에서 가까운 의정부에다 모셨습니다. 지금은 자주 가 볼 수 있어서 괜찮은데 제가 죽을 때가 되면 아무래도 고향으로 이장을 해서 조상들 곁에 모셔야겠습니다. 서울 가까이 둔다고 자식들이 자주 찾아가 볼 것 같지도 않고요."

"사람이 죽을 날을 어디 알 수가 있나? 대문 밖이 저승길이라는데. 그럼, 너는 어머니 아부지 산소에는 자주 가 보겠구나."

"거기사 일주일에 한번 꼴로 가 보지요."

"야, 사실 그거 다 쓸데없는 짓이다. 가니 어떻드노? 어무니가 너 왔냐? 하고 묻기라도 하드나?"

"그렇게만 할 것 같으면야 아예 산소에 가서 움막 짓고 살지요. 하하하."

노인들의 공허한 웃음이 햇살이 걷힌 어둑신한 골짜기의 서걱대는 나뭇잎들을 흔들고 내려갔다. 짧은 해가 서산으로 빠지면서 능선께 하늘을 온통 붉게 물을 들여서 아이는 하늘에 불이 났다고 야단법석을 떨었다.

"세상 참 좋아졌다. 우리 어릴 때는 굳은 떡 한 쪼가리 얻어 먹으려고 몇 시간 동안 제각 옆에서 제사가 끝나기를 기다렸다. 떡이 크지도 않았어. 그래도 어린 아이 주먹만도 못한 떡 한쪽을 얻으면 어찌나 기분이 좋았던지. 온 동네 아이들이 제각 앞에 모여서 시끌벅적했니라. 요새는 먹을 게 흔해도 아이들 그림자도 안 비치니……."

"아이들이 없으니까 그렇지요."

"그러게 말이다. 사실 농촌이 죽으면 실상은 나라가 망하는 거다. 안 먹고 사는 장사는 없는 것이고 식량은 급하다고 해서 밤새워 기계를 돌려서 만들어 낼 수도 없는 것이거든. 그런데 농촌에 살면 고생만 되고 돈벌이가 시원치 않으니까 너도 나도 다 고향을 떠나는 것 아니냐. 하긴 나부터 고향으로 돌아가야 하는데……."

사실 아버님은 어머님만 좋다고 하면 서울의 집과 모든 것을 처분해서 시골에 가서 산소 관리나 하고 제사를 지내는 것을 낙으로 삼아 살고 싶다고 입버릇처럼 말해 왔다. 하지만 어머님은 그 동안 고생하고 산 것도 억울한데 제사까지 맡겨서 짐을 더 얹어야 속이 시원하겠냐고 역정을 내었다. 남에게는 잘하면서 왜 내게는 평생 어른질이냐, 따지는 어머니에게 대답할 말이 궁한 아버님은 요새 여자들은 가장을 발깔개로 여긴다고 한숨만 길게 쉬고 말았다.

시제에 참석하고 돌아오면서 무엇인지 꼬집어 말하기에는 부족하지만 분명하게 어떤 힘을 느낀 나는 오히려 머릿속이 더 혼란해지고 말았다. 노인들이 지성스럽게 시제를 모시는 일을 우상 숭배라고 단죄하기는 너무도 무성의하고 몰이해한 처사이고, 그렇다고 해서 무조건적으로 우리의 좋은 전통이라고 받아들이기에는 무엇인가 기연미연한 점이 있었다. 제사를 조상 숭배라는, 인류의 오래된 관행중의 하나라고 가볍게 생각하자니 그것도 안 될 말이었다. 한 핏줄을 나눈 후손들이 한 자리에 모여서 사랑을 나누는 행위가 아름답고 고와 보인 것도 사실이었다. 원초적인 핏줄의 정을 확인하는 자리였기 때문이다.

관광버스가 빠져 나가고 몇 대 남지 않은 승용차들이 뒤를 따랐다. 우리도 그 행렬의 끝자락을 이어 달렸다. 고속도로

톨게이트로 향하는 길 위에서 막차를 타고 있는 쓸쓸한 사람들이 초점 없는 눈길로 앞을 바라보고 있었다.

노란 스웨터

나는 물가로 다가가서 라이터로 스웨터에 불을 붙였다.
노란 스웨터에 붙은 불길이 나비처럼 춤을 추었다. 그 때 마침 노랑나비 한 마리가
날개를 파닥이며 느릿느릿 시냇물을 건너가고 있었다.

노란 스웨터

'노란 스웨터' 라고 적어 놓고 보니 어디서부터 말을 시작해야 할 지 망연하다. 노란' 이라는 말이 포함하는 색깔의 스펙트럼은 각자의 취향에 따라 대단히 차이가 나는 법이어서 노란색이라고 한 것이 실제의 색깔과 맞는지부터 자신이 없다.

계란 노른자부터 시작해서 봄이면 지천으로 피어나는 민들레 꽃, 병아리 솜털까지 '노랑' 이라는 이름 말고는 다른 색을 갖다 붙일 수 없는데, 어쨌든 그 스웨터는 그렇게 밝은 노랑이 아니었다. 겨자색이랄까, 굳이 진노랑이라고 할 수 밖에 없는 약간은 무거운, 어쩌면 점잖다고 말할 수 있는 색깔이었다. 그렇다고 새것도 아니고 순모의 포근한 감촉이 느껴지는 고급 제품도 아니다. 목 뒤쪽에 붙어있는 헝겊으로 된 꼬리표는 상표명을 알아 볼 수 없을 정도로 낡아 있었기 때문이다. 깊지 않은 브이넥의 평범한 디자인에 폴리에스테르나 아크릴 100% 정도의 옷감에서 기인하는 반질반질한 광택이 오히려 찬 느낌을 주는 애매한 느낌의 가디건이었다. 그래도 반투명한 흰 플라스틱 단추들은 정렬하듯이 아주 완고하게 달려 있었다.

문제는 이 스웨터가 어떤 모양인지가 아니라 그것이 어떻게 해서 내 집의 침대 밑에서 발견되었느냐는 것이다. 어느 날 모처럼 새봄맞이 대청소를 한답시고 온 집안 먼지를 떨어내고 침대 밑까지 들춰내는 법석을 떨던 중에 침대 밑에 웅크리고 있던 스웨터를 발견했던 것이다.

처음에는 지난 겨울에 다녀간 인자가 빠뜨린 것이거니 대수롭지 않게 생각했다. 하지만 인자의 옷이라고 보기에는 치수가 많이 작았다. 또 인자는 유명 메이커의 옷이 아니면 상대를 안 하는 위인이었기 때문에 족보 없는 이 스웨터가 인자의 것이라고 단정할 수도 없었다. 그러나 아무리 생각해도 우리 집에 누가 온 일도 없고, 하긴 겨울에 얇은 봄 스웨터를 걸치고 올 리도 만무하다. 또 사람들이 왔다 해도 거실에서 모든 것이 해결되었기 때문에 남의 침실까지 들어올 일이 없었다. 게다가 침대 밑 깊숙이 들어있던 스웨터는 이 방에 누군가 들어왔다는 사실 외에는 아무 것도 말해주지 않았다. 특별히 없어진 물건도 없으니 도둑이 들어왔다가 액땜용으로 놔두고 갔다고 보기도 어려웠다.

설 명절을 맞아서 지방에 살고 있는 우리는 부모님이 계신 서울로 역귀성을 하고 있는 중이었다. 반대편 차로에서 거북이걸음을 하는 차량의 행렬을 약간은 고소한 심정으로 바라보며 평상시보다도 더 한가로운 도로에서 여유를 부리고 있을 때 핸드폰이 바르르 떨렸다. 서울특별시민의 자격을 박탈당하고 특별한 사람들만의 잔치에서 늘 소외되어왔다고 생각하는 지방 사람의 꼬인 심사가 막 작동되려고 하는 판이었다.

"너 어디니?"

다짜고짜 인자의 무미건조한 음성이 흘러나왔다.

"나 지금 고속도로야. 서울 가고 있는 중인데, 왜?"

형식적인 인사마저도 생략한, 약간은 무례한 언사에 나도 곱지 않게 대꾸했다.

"너희 식구들 다 같이?"

"당연하지. 설 쇠러 가는데……."

"너희 집에 가려고 하는데… 이번 연휴동안 남도 쪽에 가보려고 말이지."

"어떡하니? 우리가 돌아가기에는 지금 너무 멀리 왔는데?"

나는 어쩔 수 없다는 것을 강조하며 말꼬리에 힘을 주었다.

"……"

"미리 연락이라도 하지. 갑자기 무슨 일이니? 지금 벌써 전주를 지났다." 나는 좀 누그러진 음성으로 말을 이었다.

"……."

"도대체 어딜 가려고 그래? 해남 땅끝이나 보길도 같은 데 가려면 광주를 거칠 필요가 없잖아. 그냥 직통으로 가는 게 빠르지. 그리고 나도 없는데 빈 집에서 뭐하게?"

"이웃집에 열쇠 같은 거 맡겨놓은 것 없냐? 명절 때 집에 있기 싫어서 돌아다니려고 그런다."

"노처녀가 바람이 단단히 들었군."

청소를 해 놓고 나온 것이 다행이라는 생각이 들었다. 여행을 갔다 오거나 휴가를 다녀오면 가뜩이나 지치는데, 집이라도 말끔해야 기분이 괜찮았기 때문이다.

"정 우리 집으로 가겠으면 906호에 가봐. 거기다 열쇠 하나 비상용으로 맡겨놨으니까, 내가 전화해 둘게. 그리고 김치는 냉장고에 있고 밑반찬도 몇 가지 있으니까 밥도 해 먹고."

"알았어. 고마워."

인자는 전화를 딸각 끊었다. 나는 전화를 핸드백에 밀어 넣으면서 남편의 옆모습을 힐끔거렸다.

"이상한 일이군. 호텔에 가서 자든지, 알아서 할 일이지. 남의 빈집에 와 있겠다니."

말이 없던 남편이 운전대를 잡은 채 무표정하게 말했다. 나는 아이들 방을 쓰라고 구체적으로 말을 하지 않은 게 좀 꺼림칙했지만 그건 말하는 게 오히려 더 이상한 일이라는 생각이 들었다. 아이들 방에 각각 침대가 있으니 알아서 할 일 아닌가. 설마 남의 집 안방에 침입하는 몰상식한 짓은 않겠지, 하면서도 좀 불안한 생각이 들기는 했다.

"그래도 나한테 잘 해줬었잖아."

"그건 그렇지만……" 남편은 말꼬리를 흐렸지만 여전히 이해 못하겠다는 눈치였다.

인자는 정말 나한테 잘 해줬었다. 정말이지, 왜 그런 친절을 베푸는지 의아할 정도였다. 서울에서 같이 근무할 때도 아침 식사를 거르기가 일쑤인 내게 빵과 커피를 가져다주거나 옆 사무실에 있으면서도 수시로 와서 챙겨주곤 했다. 아니 나 뿐 아니라 자기 사무실에 있는 십여 명의 사람들을 모두 챙긴다고 했다. 아침마다 차를 끓여 오고 과일을 깎아 오거나 갓 구운 큰 식빵을 사와서 온 사무실의 식구들을 걷어 먹이는 것이었다. 이를테면 나는 여분으로 챙기는 거였다. 동갑이라는 이유와 남편이 지방에 있어서 아이들 양육 상 시부모와 허덕이며 살고 있는 내가 안쓰러웠을까. 남편과 큰 아이가 눈이 내리는 설악산을 배경으로 찍은 사진을 내 책상의 유리 밑에 끼워두었는데 인자는 언제나 그 사진을 물끄러미 바라보곤 했다.

"이렇게 키가 큰 남자하고 어떻게 자니?"

어느 날 갑작스럽고도 민망한 질문의 뜻을 미처 파악하지 못하고 있는데 인자가 덧붙였다.

"내 말은 사이즈가 맞느냐는 말이야."

"글쎄."

엉뚱한 질문에 나도 당황스러워서 그냥 얼버무리고 말았다. 그러고 보니 남편과 나는 키 차이가 많이 났다. 나는 평균보다 작은 편이고 남편은 훨씬 컸다. 그래도 인자가 말할 때 까지는 그게 문제가 되는 지도 모르고 있었고 사실 문제가 되지도 않았다.

주말부부로 산다는 것이 서로에게 얼마나 피곤한 일인지, 꼭 필요할 때마다 곁에 없다는 원망과 함께 나는 지쳐가고 있었다. 주말에는 밀린 일들을 해야 하는데 혼자 사느라 지친 남편은 남편대로, 아이들과 허덕이던 나는 나대로 서로 위로받고 싶어 했다. 그러다 보니 신경이 팽팽해지고 바늘 끝처럼 예민해지기 시작했다. 지방대학 교수는 강의와 연구 말고도 여러 가지 일을 해야 했다. 학자로 살고자 했던 자존심에 금이 가고 학생들은 기대에 미치지 못했으며 편히 살고자 하면 얼마든지 편히 살아도 되는 환경이 오히려 짜증이 나기 시작했던 것이다. 나는 나대로 매일 똑같은 것을 반복해서 가르치고 대학 시험만 끝나면 언제 봤냐는 듯이 돌변하는 학생들을 보며 '세상이 그렇지' 라고, 모든 일을 세상 탓으로 돌리는 나태한 핑계대기에 익숙해져 있었다.

모든 것이 재미가 없었다. 인생은 재미로 사는 것이 아니라는 것쯤은 알만한 나이가 되었건만 주말에만 오는 남편을 기다리는 것도, 내가 퇴근하기만을 눈 빠지게 기다리는 지친 시어머니와 교대하는 것도, 아침마다 엄마 가지 말라고 신발장 앞에 앉아서 떼쓰다가 낮에 자고 저녁에 엄마와 놀 작정으로 체력을 비축해두는 아이도…, 학교를 그만둔 것도 재미가 없었기 때문이었다. 나 좋다고 매달리는 자식 마음 멍들게 할 필요가 뭐 있나, 수년간 주말부부로 살면서 비쩍 말라가는 남편의 건강을 위해서라는 명분을 내세워 학교를 그만두고 남편이 살고 있는 광주로 이사한 것도 사실은 다 재미가 없었기 때문이었다.

인자는 종종 전화를 했다. 아니 '종종' 이라기보다는 '자주' , 어쩌면 거의 매일 전화를 했는데, 같이 지냈던 동료 교사들의 근황을 알려준다든가 이런 저런 시답지 않은 일까지 시시콜콜 전해주곤 했다. 내가 객지에서 적응하지 못할까, 하루 종일 집에만 처박혀 있을까 걱정이 되는 것 같았다. 그러던 어느 날 인자가 불쑥 물었다.

"학교 그만 두고 집에 있으니까 좋아?"

"글쎄……." 나는 질문의 의도를 파악하지 못해서 얼버무리고 말았다.

"그런데 그걸 왜 물어?"

"심각하게 생각하지 말고 좋은지 안 좋은지만 말해. 좋으면 나도 그만 두려고."

"뭐? 지금 5월말 학기 중이잖아."

나는 모든 교사들이 다 그만두어도 인자만은 끝까지 남을 사람이라고 생각했기에 엉뚱한 말로 대답하고 말았다. 인자는 교무실의 모든 일을 챙겼을 뿐 아니라 담임 반 업무나 학생들에게도 지나치리만큼 헌신적이었다. 맡은 과목이 국어라는 중요과목의 후광을 입고 있는 것도 작용했지만 학교 일에도 다른 교사들에게 폐를 끼칠 정도로 적극적이어서 이사장 백으로 들어온 사람 정도로 인식되고 있었다. 학교 일에 너무 열성을 쏟다가 노처녀가 되었다는 말까지 생길 정도였으니까.

"너도 알다시피 나는 남편과 아이들 뒷바라지도 해야 하고 남은 논문을 쓰려고 학교를 그만뒀잖니. 지금 논문 쓰는 것만으로도 머리가 지끈거려. 그만 둘 수밖에 없는 상황이었어. 농담 말고 가만히 있어라. 네가 그만둔다고 하면 학교가 뒤집히겠다."

"그럴까? 그럼 학교 한 번 뒤집어 볼까?"

인자는 까르르 웃었다.

그리고 며칠이 지났다. 대학 동창이자 같이 근무했기 때문에 절친하게 지내던 민주에게서 전화가 왔다.

"너, 인자 학교 그만둔 거 알아?"

"뭐? 정말 그만뒀어? 무슨 일이 있었니?"

"별일도 아닌데, 참 기가 막혀서. 걔가 성질이 그래서 참 큰일이야. 저번에 경주로 수학여행 갔는데 아이들이 밤에 장기자랑도 하고 연극도 하는 뭐 그런 거 있잖아. 그런데 한 아이가 아가씨 분장을 하고 백을 메고 서 있는데 어떤 남자가 가서 치근거리는 촌극을 한 모양이야."

"그래서? 얘들이야 늘 그런 짓 하잖아."

"그런데 그게 아니고, 그 여자는 인자고 남자는 윤리 선생이었대. 그 둘이 그렇고 그런 사이라는 거지."

"윤리선생? 누군데?"

나는 셋이나 되는 윤리선생들을 차례로 떠올리며 물었다.

"왜 있잖니. 키가 크고 좀 건들거리고, 연극하는 사람. 아이들 데리고 전국 대회 나가서 상도 타오고. 대학로에서 최장수 공연되는 연극이라고 한참 유명했는데……."

"그 사람 유부남이잖아?"

기껏 한다는 말이 교과서 같은 소리를 하고 말았다.

"같은 2학년 교무실에 있다 보니까 좀 친했나봐. 원래 인자가 아침밥 안 먹고 온 사람 다 챙기잖아. 그리고 인자는 글 쓰는 사람 좋아해. 공부 잘 하는 사람도 좋아하고."

"애들이 연극을 했다고 학교를 그만둬? 그 전에 생물 선생이 자는 모습을 아이들이 베개 들고 연극한 적도 있고, 국사 선생이 책에다 줄만 치란다고 연극한 적도 있잖아. 그래도 다 잘만 다니던데."

"그 사람들은 뻔뻔한 사람들이지. 생물 선생은 술 먹고 온 다음 날은 문제 풀라고 하고 아예 엎드려서 잤다는데 뭘. 국사 선생은 아이들 책 읽히다가, 줄쳐라 이게 수업이래요. 교과서 읽는 게 제일 중요하다는 데 할 말 있나."

인자가 학교를 그만 뒀다는 것은 나로서도 충격이었다. 인자는 학교를 떠나서 다른 배경 어디에다 배치해도 제대로 된 그림이 나오질 않는 사람이었기 때문이다.

"나 같으면 그 아이들 다 교무실에 불러다 놓고, 학부모하고 교장, 교감도 오라고 해서 모두 보는데서 한 마디도 틀리지 않게 그대로 다시 재연하라고 하겠다. 아니면 아이들을 혼내 주든지. 바보 같이 왜 자기가 그만두니?"

민주는 자기 일처럼 씩씩대다가 전화를 끊었다.

그리고 인자는 아무 일도 없었다는 듯이 우리 집에 전화를 했고 내가 서울에 갈 일이 있으면 터미널로, 역으로 마중을 나오곤 했다. 오히려 내가 부담스러워서 만나기가 꺼려질 정도였다. 논문 심사를 앞두고 있었기 때문에 목동에 사는 교수님께 가려면 김포 공항으로 갈 때도 있고, 시간이 안 맞으면 고속버스를 이용하기도 했다. 인자는 늘 전화를 해서 언제쯤 서울에 오는지 먼저 물어왔고 어김없이 마중을 나와 주었다. 교수님 아파트 주차장에서 두 시간씩 기다렸다가 다시 터미널에 데려다 준적도 있었다.

교수님 말씀이 길어질 때면 나는 밖에서 기다리는 인자 때문에 안절부절 못했다. 인자는 제발 집에 돌아가라고 해도 신경 쓰지 말라며 차안에 앉아 있었다.

"잘 될 거 같아?"

"고쳐 오라는 것만 잘 고치면 다음 학기에는 통과될 것 같다."

"오늘은 우리 집에서 자고 가라. 밤에 가느니 내일 새벽 첫 차로 내려가면 되잖아."

신세 진 것이 있어서 그런지 인자의 제의를 거절하지 못했다. 인자의 집은 비밀의 화원이라고 했다. 민주가 처음 가 보았고 그 다음이 나라고 말했을 때 마치 택함을 받은 사람 같은 느낌까지 들었다. 주택 2층이었는데 출입문부터 따로 독립되어 있었다. 인자가 독립해서 나가 살겠다고 하자 부모님이 집을 개조해서 2층을 완전히 인자만의 공간으로 만들어 주었다고 했다. 방 하나는 서재로 다른 하나는 침실로 그리고 또 하나의 드레스 룸에는 양쪽 벽면에 옷장이 나란히 늘어서 있었다.

다음 날 아침, 인자는 두꺼운 스프링이 달린 대학노트를 내게 내밀었다.

"이게 뭔지 알아? 내가 쓴 시야."

나는 인자가 시를 쓴다는 사실에 놀랐고 인자는 약간 부끄러운 듯 했다.

"그럼 신춘문예나 문예잡지에서 하는 공모에 내보지 그래?"

"그럴까? 나랑 같이 어디 좀 갈래?"

선택의 여지없이 나는 따라 일어섰고 인자가 나를 데리고 들어간 곳은 놀랍게도 운명 철학관이었다. 말이 운명 철학관이지 점쟁이 집이나 다름없었다. 기독교인인 내게 좀 무리다 싶으면서도 금지된 만큼 호기심이 강하게 일었던 것도 사실이었다. 구경하는 것도 나쁘지 않을 것 같았다.

"내가 학교 그만두고 백화점 문화센터에서 사주보는 법을 배웠거든. 그래서 내가 본 것과 이 사람이 보는 것이 맞나 맞춰 보려고."

인자는 귓속말로 내게 말했다.

50대 중반쯤으로 보이는 남자 앞에 인자가 앉고 나는 인자 뒤에 비껴 앉았다. 인자는 생년월일을 묻는 남자에게 뭐라고 대답을 했다. 어떤 인물에 대한 신상을 점쳐보는 것 같았다. 그러더니 한 사람 것을 더 볼게 있다고 값을 좀 깎아달라고 했다. 그럭저럭 만원에 흥정이 된 것 같았다. 철학으로 풀어보는 것은 신들린 점쟁이와는 질적으로 다르다는 남자의 말대로 방안에는 별로 특이한 것이 없었다.

"아저씨 만세력 있어요? 아무래도 사주가 틀린 것 같아요."

"가만있자, 그렇구만. 음력으로 12월이면 병자(丙子)에다 날이 임신(壬申), 시가 가만있자……."

"제가 뽑아 본 것은 그게 아닌데요. 다시 한 번 살펴보세요."

"가만, 아가씨 말이 맞아. 옳지, 이제 제대로 되었군."

남자는 조그마한 책상위에 놓인 종이에다 한자로 사주팔자를 휘갈겨 썼다. 두 글자씩 세로로 네 줄을 쓰니 종이 반장이 꽉 찼다. 순간 그것이 언젠가 인자에게 가르쳐준 나의 생년월일이라는 것을 직감적으로 알았지만 미처 손을 쓸 겨를이 없었다. 말릴 수 없었다는 것보다는 '뭐라고 하는가 보자' 는 호기심이 더 컸다는 게 솔직한 심정이었다.

"이 남자는 머리가 좋네."

"아저씨, 남자가 아니라 여자예요. 아까부터 계속 틀려."

인자가 끼어들었다.

"이 사람은 빙판위에 해가 세 개나 있어서 번쩍 번쩍 해. 그런데, 무토(戊土)가 없네. 소도 비빌 언덕이 있어야 비빈다고, 무토만 있으면 대성할 텐데."

"아저씨, 이 사람은 제 친군데요. 박사 논문 쓰고 있거든요. 박사가 되고, 교수가 되겠어요?"

"무슨 과목인가? 경영학?"

"아저씨는, 지금 맞는 게 없어. 문학이에요."

인자가 눈을 흘기며 말했다.

"이 사람은 경영학을 하든지 법을 해야 대성하는데, 문학을 했다면 아마 돈이 없었기 때문일 거야. 그리고 박사가 되기가 힘들겠는데."

"지도 교수가 걱정 말라고 했다는데요?"

인자의 말에 아저씨는 고개를 갸웃했다. 그러더니 꾹꾹 힘을 주어 힘력(力)자를 크게 썼다.

"절대로 안돼. 이 사람은 력, 즉 노력이 부족한 사람이야. 머리만 믿고 대충 살지."

인자의 뒤에 앉아서 그 말을 들으며 나는 가슴이 바르르 떨렸다. 특히 박사가 될 수 없다는 말이 신경 다발 전체를 흔들어서 가슴뿐 아니라 손까지 떨려왔다.

의기양양한 인자의 뒤를 따라 철학관을 나와서 곧장 터미널로 향했다. 집에 돌아와서도 계속 가슴이 벌렁거렸다. 남편에게 말도 못 꺼내고, 냉장고 문에 시편 23편 '여호와는 나의 목자시니 내게 부족함이 없으리로다.'을 크게 써서 부적처럼 붙여놓았다. 하루에도 몇 번씩 읽으면서 인자의 저의가 무엇인지, 왜 그랬느냐고 묻지도 못한 채 함구해버린 나에 대한 미움으로 며칠을 괴로움 속에서 보냈다.

"네가 기독교인이라서 사주가 세 번씩이나 틀리게 나오더라구. 뭐가 있기는 있는가봐."

철학관을 나오며 인자가 하던 말이 귓가에 맴돌았다. 철학관 아저씨가 힘주어 썼던 력(力)자가 나의 태평한 성품에 균열을 만들면서 긴장감을 조성했다. 덕분에 나는 좀 더 매진할 수 있었다. 안 가겠다고 떼쓰는 작은 아이를 억지로 놀이방에 보내고 책상에 앉았다. 교사를 그만두지 않고 학교에 남아 있었다면 2교시 끝날 시간이다, 지금은 점심시간이구나, 내 시간을 학교의 수업시간에 맞추어 놓고 같은 리듬으로 밀도 있게 살아보려고 애를 썼다.

마침내 최종 심사를 마치고 논문이 통과되던 날, 나는 남편에게 제일 먼저 전화를 걸었고, 부모님을 제치고 인자에게 전화를 걸었다. 인자가 나에게 보여준 친절에 보답하고자 하는 마음이 우선이었지만 점이 틀렸다는 것을 알려주고 싶은 의도도 없지는 않았다. 그동안 나를 데리고 교수님 댁 앞에서 보낸 시간을 생각하면 기뻐할 것 같았는데 의외로 인자의 대답이 시원찮았다. 그러더니 내려가기 전에 꼭 만나자는 거였다.

터미널 근처의 카페에 인자는 자신의 큰 키에도 벅차 보이는 거대한 꽃다발을 들고 나타났다.

"축하한다. 드디어 끝을 냈구나."

어째서였을까. 그 큰 꽃다발을 받으며 들고 가기가 난감하다는 생각과 이제 인자와는 끝이라는 예감이 번갈아 들었던 것은. 왕의 홀을 상징한다는 글라디올러스의 튼실한 줄기와 잎과 꽃이 한 아름은 되는 것 같았다. 졸업식장에서나 전해줄 법한 꽃다발을 미리 안겨준 것은 이제는 나에 대한 인자의 사명이 끝났다는 선언이기도 했다.

예감대로 인자는 졸업식에 오지 않았다. 내가 여러 번 전화를 했지만 받지 않았다. 인자는 늘 그런 식이었다. 그 후에도 자신이 필요할 때만 일방적으로 전화를 했다. 압구정동에 인자의 이름을 따서 기린학원을 차렸다는 것과 대학원 석사과정에 입학했다는 통지를 했을 뿐이다. 졸업식을 마치고 나는 전에 인자가 일러준 위치를 기억 속에서 불러내며 압구정동의 기린학원을 찾아갔다.

골목이라면 골목이고 아니라면 아닌, 애매한 곳. 원룸인지 사무실인지 삼, 사층 건물들이 늘어선 곳에 기린학원이 있었다. 명문 고등학교의 국어선생이었다는 경력의 후광을 업고 마침 불기 시작한 논술바람을 타고 국어 학원은 전도가 창창했다.

사무실도 있고 상담실도 있고 작은 교실도 여럿 있었다. 인자는 반가워했고 나는, 그동안 바빴었구나, 오히려 내 쪽에서 이유를 만들어 주면서 만남을 다행스러워 했다.

"이게 뭐야. 복사기 한 대 사 주려고?"

농담인지, 진담인지, 인자는 내가 조심스럽게 내민 봉투를 받으며 말했다.

"나중에 교수되면 복사기 사줄게. 지금은 그냥 약소하니까 필요한 것 있으면 조그마한 거 사."

복사기라는 말 때문에 놀라기도 하고 내미는 손이 부끄러워서 나는 얼버무렸다. 그리고는 끝이었다. 그 후 인자는 전화를 받지도 않았고 전화를 하지도 않았다.

그러더니 느닷없이 주인도 없는 집에 온다는 것이었다. 갑작스럽고도 무례한 태도에 약간은 불쾌하기도 했지만 아직도 내가 빚진 편이라는 생각이 들어서 흔쾌히 그러라고 했다. 인자에 대한 감정 계좌에 아직 잔고가 남아 있었기 때문에 906호에 전화를 해서 친구가 올 테니 열쇠도 주고 맛있는 것 있으면 갖다 주라고 부탁을 해 두었다.

"그 사람들 돈 많이 들었을 것이여. 열쇠 찾으러 올 때 과일을 사오더니만 갈 때는 언제 갖다 놨는지 우유 구멍에다 열쇠를 넣어놓고 문 앞에 주스를 한 통 사다 놨대. 참, 내가 먹어도 되는지 모르겠어. 아무 한 일도 없는데."

평소에 친하게 지내던 906호 아주머니가 설을 쇠고 돌아온 나를 보고 난감한 표정을 지었다.

"그 사람들? 혼자가 아니고?"

"셋이던디, 열쇠를 가지러 온 사람은 좀 나이가 든 여자인디, 봉께 엘리베이터에 젊은 여자하고 남자하고 같이 있등만. 선생이라고 부르는 것 같든디."

순간 뭔가 석연치 않았다. 방이 세 개이니까 한 사람이 하나씩 썼다면 누군가 우리 침대를 사용했다는 말인데, 아니면 남녀가 함께 사용했을까? 싱글 침대 두 개, 더블 침대 하나가 있으니까 알아서 했겠지. 남편에게는 인자가 혼자 다녀간 것처럼 아무 말 하지 않았다.

"엄마 이것 봐. 식탁위에 편지가 있어."

짐을 풀다가 작은 아이의 외침에 가서 보니 깔끔하게 접혀진 편지 속에 빳빳한 지폐가 들어 있었다.

'잘 쉬었다 간다. 이건 아이들 세뱃돈이다.'

평소에 눈에 익은 인자의 글씨였다. 3만원씩 6만원이 들어 있었다. 방도 흔적 없이 깔끔하게 정돈이 되어 있었고 부엌도 말끔했다.

"이럴 바에는 차라리 호텔에 가지 무엇 때문에 집에 와,"

그리고 시간이 흘렀다. 겨울이 지나고 봄이 돌아와서 우리 집 뒤에 금당산 밑으로는 유채꽃이 만발했다. 그 땅에 곧 아파트를 짓는다고 경작을 하지 말라는 팻말이 여기 저기 꽂혔다. 집도 봄 단장을 해야겠기에 오래간만에 문을 활짝 열고 묵은 먼지를 털어내고 대청소를 시작했다. 그런데 침대 밑에서 무언가 그것도 안쪽 벽 쪽에서 무엇인가 걸려나왔다. 문제의 노란 스웨터였다.

순간, 인자 일행이 흘리고 갔을까? 하는 생각이 제일 먼저 들었다. 인자는 키가 크기 때문에 인자의 것은 아닌 것 같기도 했다. 그리고 인자는 이런 정체불명의 제품은 입지 않는다는 생각이 들기도 했다. 인자는 옷과 가방과 구두까지 완벽하게 맞춰서 입었다. 그래도 별로 멋있지는 않다는 것이 누구도 입 밖에 내지 않는, 인자에 대한 주변 사람들의 견해였다. 하지만 인자 일행 외에 우리 집에 온 사람도 없고 더구나 이런 스웨터를 입은 사람을 본 적도 없다. 그렇다면 같이 왔다는 선생의 것일까? 학원에서 본 어림짐작으로 하면 그 선생은 별로 큰 키는 아니었다. 하지만 그렇게 생각하기에는 계절이 맞지 않았다. 인자는 겨울에 왔는데 이 스웨터는 늦봄이나 초여름에 걸치는 반질반질한 차가운 촉감의 스웨터였기 때문이다.

인자에게 전화할 명분도 생겼고 겸사겸사 전화를 했지만 역시 받지 않았다. 결국 기린학원으로 전화를 해서 몇 단계를 거친 뒤에 원장님인 인자와 통화할 수 있었다.

"너 혹시 그전에 스웨터 빠뜨렸니?"

"아니, 무슨 스웨터?"

"네 것이 아니면 혹시 같이 왔던 너희 학원 선생 것인지 물어봐라. 우리 집에서 나왔는데, 다녀간 사람이 없거든."

"빠뜨리고 온 것 없어."

인자는 단호했다.

"글쎄, 본인에게 한번 물어보래두. 노란색이야. 그게 어떻게 우리 침대 밑에서 나올 수가 있니?"

"왜 그게 우리 선생 것이라고 생각하니? 네 남편이 너 없을 때, 너 서울 왔다 갔다 할 때 바람 피웠는지, 누가 알어? 너는 네 남편을 그렇게 철석같이 믿니?"

어이없는 소리에 수화기를 내려놓았지만 갑자기 그럴지도

모르겠다는 의혹이 꿈틀대기 시작했다. 하지만 언젠가 인자가 나를 강변 고속버스 터미널에 데려다 주면서 암으로 죽은 동료교사의 이야기를 했던 일이 퍼뜩 떠올랐다. 고생해서 집 장만하고 살 만하니까 죽었는데 결국 새장가간 남편만 좋게 되었다는 것이다. 억울하면 오래 살아야 한다는 내 말에, 인자는 아무 말 안 하더니 버스에 올라타는 나를 보고 씽긋 웃으며 '아프면 연락해라' 고 하면서 손을 흔들었다.

농담이라고 하기에도 석연치 않은, 혹 잘못 들었는가 싶게 묘한 기분이었지만 대수롭지 않게 지나치고 말았던 것이다. 하필이면 그 장면과 겹쳐지면서 노란 스웨터는 어쨌든 인자와 관련이 있는 것으로 나름대로 결론을 지었다.

나는 노란 스웨터를 버릴까 하다가 그냥 두었다. 그렇다고 입고 다닌 것은 아니다. 그 후에도 몇 년 동안 얌전하게 보관해 두었다. 최근에 이사를 하면서 그 스웨터를 버릴까 한참 동안 망설였다. 집을 청결하게 하는 방법에는 여러 가지가 있지만 그 중에 하나는 2년 이상 안 쓰는 물건을 버리는 것이 상책이라나. 그래서 아끼던 책도 여러 박스 버렸다. 대학 시절에 샀던 세로쓰기 책들, 손 때 묻은 문고판들, 자잘한 글씨들이 빼곡하게 들어 차 있어서 시력이 약해진 우리 부부는 읽지 못할 것이고 크고 여분이 넉넉한 책에 익숙해진 우리 아이들도 결국 읽지 못할 것이다.

버리기엔 아깝고 입기에는 좀 불편한, 장롱을 차지하고 있던 농지기들도 과감하게 손질했다. 그런데 그 스웨터는 차마 버리지 못했다. 왜 그랬을까, 내 이야기를 들은 어떤 사람은 당장 버리라며 생각만 해도 끔찍하다고 했다. 좋지도 않고 비싸 보이지도 않는 그 노란 스웨터는 나의 우유부단한 성격만큼이나 모호하게 자리를 지키고 있다가 결국 새로 이사한 집에까지 따라와서 장롱 가장 깊숙한 곳에 자리 잡고 있다.

그동안 인자와는 완전히 소식이 끊어졌다. 아마도 전화번호가 바뀐 것 같았고 다른 친구들이 전해주는 바로는 학원이 잘 돼서 개포에도 분원을 냈다는 소식을 귓등으로 듣는 정도였다. 가끔 민주가 전화해서 연극 연출에도 손을 댄다면서 '속없는 것이 돈 벌어서 남 좋은 일만 하지.' 라며 혀를 찼다. 어쨌든 인자는 잘 있고 돈 많이 벌어서 문화 활동에 투자하는 것도 나쁘지 않은 일이지, 나는 그렇게 무심히 넘겼다. 민주도 남편이 고속 출세를 하면서 신문에 오르내리는 대기업의 사장이 되어 있었다.

문득 빨래를 하다말고, 혹은 설거지통에 손을 넣은 채, '인자는 정말 나한테 복사기를 원했던 것일까' 를 멍하게 생각한 적도 여러번 있었다. 인자가 소소한 친절을 베푼 것은 사실이지만 복사기를 사 줄 정도의 신세를 진 것은 아니라는 생각이 들었다. 그리고 본인이 한사코 친절을 베풀었던 것이지, 내가 먼저 요청한 적도 없다고 나를 위로했다. 오해가 있었다면 언젠가는 풀릴 것이고, 답도 없는 문제를 계속 생각하면 나만 손해라는 생각이 들어서 나는 인자를 잊기로 했다.

혹시 나도 모르게 잘못한 것은 없을까, 곰곰이 점검하던 중에 '행복' 이라는 단어가 갈고리에 걸린 적도 있다. 언젠가 인자가 우리 아이들 옷을 보내온 적이 있었다. 감사하다는 내 전화에, 지나가다 싸게 세일을 하기에 샀다고 대답했다. 하지만 절대로 싼 옷은 아니었다. 하긴, 그 때도 기분이 묘했다. 엄마도 아니고, 이모도 아니면서 아이들 옷을 보내는 것도 뭔가 적절하지 않다는 막연한 생각이 들었었다. 그래도 먹은 놈이 힘을 못 쓰더라고, 고맙다는 말만 되풀이 하고 있는데 '지방대 교수 아이들 참 안됐다. 너희 애들은 피아노는 몰라도 바이올린은 못 배울 거야, 그렇지?' 느닷없는 인자의 말에 '피아노도 하기 싫은 걸 억지로 치는데 뭘.' 얼버무리던 기억도 지나갔다.

"잘 지내?"

어느 날 인자가 물었다.

"이만하면 잘 지내지."

"그럼, 행복하니?"

"행복하다고 해야지. 별 탈이 없으니까."

나는 사실 행복하다고 생각했고 지금도 그렇다. 남편이 좀 과도하게 공부를 하는 것이 약간 불만이었지만 교수가 공부하는 것 가지고 탓할 일은 없었다. 그 외에는 자상하고 성실하고 검소하고, 그래서 감사했다.

"너 행복이라는 말을 그렇게 함부로 할 수가 있는 거니?"

결혼도 안한 친구에게 행복하다고 말한 것이 좀 뜨끔했지만 인자의 거센 반응은 의외였다.

그래도 간간이 인자의 속마음은 무엇이었을까, 대학 노트 빼곡히 시를 썼던 인자의 꿈은 무엇이었을까, 궁금했다. 가끔 신춘문예에 '김인자' 가 나오면 혹시 내가 아는 사람인지 신경 써서 프로필을 살펴보았다. 그런데 인자의 시는 빛을 보지 못하는 것 같았다. 언젠가는 신춘문예 소설 당선자의 명단에서 '김인자' 를 본 적이 있었다. 그런데 내가 아는 인자는 아니었다.

그렇게 세월이 흘렀다. 어쩌다 한두 번 기억 속에서 인자를 떠올리기는 했지만 누구에게도 인자에 대해 말하지 않을 정도로 인자는 내 생활 속에서 작아져 갔다. 그리고 한 해가 끝나가는 소리가 방송에서 요란할 무렵 오랫동안 소식이 없던 민주에게서 전화가 왔다.

"오랜만이다. 민주 너는 미국에 가 있는 줄 알았는데."

"너는 여전하구나. 아이들 잘 있니? 나 진작 돌아왔다. 아이 영어공부 시키는 것도 중요하지만 회사에 눈치가 보여서. 임원 가족이 나가있으면 보기에도 그렇고……."

민주는 말꼬리를 흐렸다. 무언가 할 말이 있는 것 같은데 평소의 민주답지 않았다.

"얘, 너 인자 소식 아니?"

민주가 불쑥 물었다.

"아니, 인자가 전화도 안 받고 해서 끊어진지 오래 돼. 연락할 일 있으면 기린 학원을 찾아봐. 지금도 그 학원이 있는지 모르겠다."

"학원 그만 둔 지 오래됐다. 너, 아무 것도 모르는 구나. 나 지금 미칠 것 같아."

갑자기 민주의 음성이 거칠어졌다. 무슨 일이 벌어진 것 같은데, 감이 잡히지 않았다. 돈 문제일까, 그전에 인자가 민주에게서 돈을 꾸었다가 제 때 갚지 못해서 둘이 다툰 적이 있다고 했다. 그리고 인자는 돈을 갚은 후에 민주의 전화는 절대 받지 않는다고 하소연을 했었다.

"왜 돈 꿔달래? 인자는 돈을 벌어서 어디다 쓴다고 그렇게 돈을 꾼다니?"

나는 조심스럽게 운을 떼었다.

"차라리 꿔 줄 것을 그랬나봐. 인자는 돈을 꾸면 일이백, 일이천 만원이 아니야. 억대를 꿔달라고 해. 도대체 어디 쓸 거냐고 물었더니 영화를 만든다나."

"무슨 영화? 그전엔 연극에 빠졌었다며?"

"요새 텔레비전에서 한 연속극 있지? 연인인가, 애인인가? 거기 나왔던 탤런트 애들 결혼한다고 요새 난리 치는 거 있잖아?"

"알아, 나도 본 적이 있어. 그런데 왜?"

"그거 영화로 만들기로 했다나, 그런데 지가 다니면서 자금을 모집하는 거야. 아무래도 아니지 싶어서 돈 없다고 했어. 그랬더니 얼마 전에는 아주 다급하게 돈을 꿔 달랜다. 그래서 못 준다고 딱 잘랐지. 눈치로는 빚쟁이들한테 쫓기는 것 같더라구."

"인자하고 영화 만든다는 사람, 혹시 그 전에 연극한다던 그 사람 아닐까? 그 남자 유부남이잖아."

"그런 것 같기도 하고, 확실히 몰라. 하여튼 인자 그게 미쳤어. 학원이나 얌전하게 하고 있지, 무슨 바람에 씌어서 그 모양인지."

민주는 내 귓가에 공기가 파르르 떨릴 정도로 한숨을 크게 내쉬었다.

"그런데, 내가 너한테 전화한 것은 꼭 알려줄 소식이 있어서야. 사실은 인자가, 인자가…, 죽었다."

"뭐? 죽다니? 사고 났대? 아니면 어디 아팠어?"

설마 인자가 죽었다는 극단적인 생각까지는 해보지 못했다. 여자들은 오십이 넘어야 진정한 우정이 생긴다는 말을 곰곰 새기고 있는 중이었다. 결혼할 때는 남편들을 놓고 자랑, 아이들 키울 때는 서로 은근히 경쟁, 결국 아이들 결혼시켜 내려놓고, 남편도 퇴직하고 심지어는 사별한 후에야 진정한 친구가 된다고 했던가. 아니, 자식 자랑, 손자 자랑 때문에 결국 진정한 우정을 기대할 수 없다고 했던가. 어찌 되었든 나중에 세월이 많이 흘러서 인자의 빳빳한 자존심이 슬며시 누그러지면 그 때 지난 일을 이야기하리라고 뒤로 밀쳐놓았었다.

"자살했대."

"미쳤군. 그렇게 독하게 닫아걸더니 고작 한다는 게 자살이야?"

나는 슬그머니 화가 나기 시작했다. 기준도 많고, 까탈스럽기도 해서 나같이 둔한 사람은 인자의 비위를 맞출 수가 없었다. 아니면 인자의 보호대상이 되기 위해서 늘 약점을 내보여야 하거나. 인자는 그 후에 이혼한 수학 선생을 위해 자신의 인맥을 총동원해서 과외를 알선한다고 했으니까.

"며칠 전에 인자하고 같이 다니던 재미교포 있잖아. 너도 알거야. 그 여자를 우연히 만났는데 벌써 한 달 넘었단다. 어느 암자에 피신해 있다가 약 먹고 죽어버렸대. 인자, 그 애 바보 아니냐? 그 소식 듣고 며칠 동안 너무 괴로워서 못 견디겠더라. 그래서 너한테 전화하는 거야. 꼭 내가 죽인 것 같다. 그 때 돈만 꿔줬더라면 인자가 죽지는 않았을 텐데…….”

절에 갈 때마다 유심히 보았던 명부전에서 흰 종이꽃으로 장식된 수많은 흑백사진 속에 인자가 쓸쓸하게 웃고 있을 것 같았다.

“너무 자책하지 마라. 네 말대로 억대를 어떻게 함부로 꿔 주냐. 설령 네가 그 돈을 빌려 주었다고 해도 그동안 끌어다 쓴 게 많았다면 결과는 같았을 테지.”

“그래도 꼭 내가 죽인 것 같다. 말이라도 부드럽게 해야 했는데……, 그 자존심 강한 애가 상처를 받았나 봐. 인자가 죽은 시기도 그 때쯤이고, 나 어떡하니?”

다 자기 설움에 겨워 곡을 한다더니, 민주는 나름대로 죄책감에 시달리고 있었다.

“차라리 나한테 오지. 그동안 연락도 없었고 광주엔 연고도 없으니까, 우리 집으로 왔으면 빚쟁이한테 쫓겨도 안전했을 텐데…….”

나는 인자가 죽었다는 사실보다도 암자에 숨어 있으면서 외롭고 불안했을 그 마음 때문에 더 흔들렸다. 인자는 남의 일에 잘 나서서 '해결사' 라는 별명도 있었는데, 정작 자신의 일에는 속수무책이었다. 그 지경이 되었어도 누구에게도 말하지 않았고 아무에게도 손을 내밀지 않았다. 그게 더 괘씸했다.

"너 교회 열심히 다니지? 나를 위해서 기도해줘."

민주는 그렇게 전화를 끊었다. 이제 이 세상에서 인자를 만나 왜 그렇게 전화를 받지 않았느냐고 물어 볼 길이 없다. 오해가 있었다 해도 풀 방도도 없다. 어쩌면 그게 더 서운했다. 산중에서 쓸쓸하게 죽어갈 때, 아무도 도와줄 사람이 없다고 원망하지는 않았을까. 너는 그렇게 많은 사람들을 도와주었는데 정작 네 곁에 한 사람도 없어서 얼마나 서운했니. 바보야, 사람들은 나름대로 살아가는 방식이 있는 거란다. 네 방식대로는 아니지만 자기 방식대로 너를 사랑하기도 했지. 다만 너는 너와 다른 방식의 사랑을 받아들이지 못했을 뿐이야.

나는 장롱 속에서 노란 스웨터를 꺼냈다. 새로 이사 온 동네에는 다리가 많았다. 청계천을 본 따서 광주천을 개발했는데 오히려 청계천보다 더 낭만적이고 걷기가 좋았다. 천변을 따라 자전거길이 붉은 우레탄으로 포장되어 있고 징검다리와 각종 야생화들이 잘 정리되어 있었다. 새싹처럼 앙증스런 모양의 남광교, 학의 날개짓을 본 딴 학강교, 비단실을 형상

화한 금교, 양림교 등등 파리의 세느강에 얹힌 다리만큼이나 많은 다리들이 가지각색으로 치장되어 있었다.

눈부시게 햇빛이 쏟아지는 날, 불길과 햇살이 구분이 안 되게 밝은 대낮에 나는 노란 스웨터를 가지고 천변으로 나갔다. 여러 다리 중에 인자에게 어울리는 이미지는 무엇일까. 나는 누에고치 형상으로 오색실을 뽑아내는 비단다리 금교 밑으로 갔다.

인자야, 평안해라. 네가 남기고 간 것이니까 너에게 돌려줄게. 이때를 위해, 내가 여태 지니고 있었는지도 모르잖니.

나는 물가로 다가가서 라이터로 스웨터에 불을 붙였다. 노란 스웨터에 붙은 불길이 나비처럼 춤을 추었다. 그 때 마침 노랑나비 한 마리가 날개를 파닥이며 느릿느릿 시냇물을 건너가고 있었다.

| 작가의 말 |

소설을 쓰는 일보다 작가의 글을 쓰는 것이 막상 더 어렵다. 왜냐하면 할 말이 없기 때문이다. 말은 이미 소설 속에 다 풀어놓았으니까.

하지만 과연 그럴까, 생각 죽은 것이 말이 되고, 말이 죽은 것이 글이 된다는데, 생각을 잘 옮겨놓았는지 자신이 없다.

기상 관측이 시작된 이래 가장 추운 4월이란다. 죽은 땅에서 라일락을 키워내고 봄비로 잠든 뿌리를 뒤흔들어 온 땅을 요동치게 하는 사월은 잔인한 달이라고 시인은 노래했다. 그런데 올해 사월은 잠잠하다. 사흘이 멀다 하고 비가 내리고, 그나마 용기를 내서 꽃봉오리를 터뜨렸던 꽃잎이 눈처럼 땅에 흩어진다.

나비가 날고 벌이 윙윙거리는 왁자한 생명의 요동이 있어야 할 자리가 어쩐지 조용하다. 백령도 앞바다에서 천안함이 가라앉으면서 젊은 생명들이 물에 잠겼다. 그 부모들의 눈물이 홍수를 이루고 그들을 찾아 나섰던 금양호 선원들의 외로운 목숨도 숨죽여 통곡하고 있다.

스펙을 만드는데 지친 젊은이들은 활기가 없고 무한경쟁의 대열에 들어선 어린 것들도 피곤한 마음과 육신을 부릴 데가 없다. 자식들 뒷바라지 하느라 부모들은 허리가 휘고, 명이 길어진 늙은이들은 한숨이 길다.

주위가 온통 잿빛이다. 희망, 꿈이라는 단어가 마약처럼 들린다. 하지만 잿빛 구름을 뚫고 한줄기 빛이 내린다. 키다리 아저씨네 앞마당에 봄기운을 가져다주는 따뜻한 한줌의 햇볕이 되고 싶다. 바싹 말라 들어가던 칼라하리 사막, 목마른 생명들이 신음하던 메마른 땅이 우기가 되자 살아 숨쉬기 시작한다. 바다로 가지 못하고 사막에서 증발해 버리는 슬픈 강, 오카방고 강이 범람하면서 순식간에 수많은 생명들의 왁자한 축제가 벌어지는 장관을 보며 공연히 눈물이 났다.

지친 세상, 지친 마음들이 이 글을 읽고 조금이라도 위안을 얻을 수 있다면, 시린 세상에서 잠시라도 따뜻할 수 있다면 그것으로 부족한 재능을 가진 자의 위안을 삼고 싶다.

| 수록작품 발표지면 |

목욕하는 남자 … 『문학들』 2009, 봄호

목욕하는 여자 … 『정신과 표현』 , 2008, 65호

사막의 강 … 『정신과 표현』 , 2007. 62호

훤(晅) … 『문예연구』 , 2007, 52호

진실의 죽음 … 『물새들의 조용한 집』 , 2008.

사실과 진실 … 『한국소설』 ,2008. 8월호

막차에 오르는 사람들 … 『정신과 표현』 2009, 70호

노란 스웨터 … 『충북작가』 25호 , 2008.

사막의 강

민혜숙 소설집

인쇄 2010년 5월 10일
발행 2010년 5월 15일

저자 민혜숙
발행 김윤수
발행처 전남대학교출판부

등록 1981. 5. 21. 제53호
주소 500-757 광주광역시 북구 용봉로 77
전화 (062) 530-0571~3
팩스 (062) 530-0579
홈페이지 http://altair.chonnam.ac.kr/~cnup

값은 표지에 있습니다.

ISBN 978-89-7598-819-6 (03810)